遇见

毛尖 著

时代出版传媒股份有限公司
安徽文艺出版社

毛尖

  作家，华东师范大学教授。著有《非常罪，非常美：毛尖电影笔记》《当世界向右的时候》《乱来》《这些年》《例外》《有一只老虎在浴室》《我们不懂电影》《夜长梦多》等作品二十种。

遇见

毛尖 著

安徽文艺出版社

图书在版编目（CIP）数据

遇见/毛尖著. —合肥：安徽文艺出版社, 2018.8
ISBN 978-7-5396-6337-1

Ⅰ. ①遇… Ⅱ. ①毛… Ⅲ. ①散文集－中国－当代 Ⅳ. ①I267

中国版本图书馆 CIP 数据核字(2018)第 074826 号

遇见　YUJIAN

出 版 人：朱寒冬
责任编辑：汪爱武　　装帧设计：观止堂_未氓　朱　璇　闻　艺
....
出版发行：时代出版传媒股份有限公司　www.press-mart.com
　　　　　安徽文艺出版社　　www.awpub.com
地　　址：合肥市翡翠路 1118 号　邮政编码：230071
营 销 部：(0551)63533889
印　　制：安徽联众印刷有限公司　(0551)65661327
....
开本：880×1230　1/32　印张：9　字数：200 千字
版次：2018 年 8 月第 1 版　2018 年 8 月第 1 次印刷
定价：39.80 元
....

(如发现印装质量问题，影响阅读，请与出版社联系调换)

版权所有，侵权必究

倾城的文字,普罗的毛尖

恺蒂

认识毛尖将近二十年。刚从《万象》上看到这小妮子的文字时,我俩还都没娃儿的牵挂。称她为"小妮子",是因为她比我小几岁,更因为她的文章太调皮太灵动。单看题目,就能知道她的独特诡异,《照亮黛德丽的脸,照亮黛德丽的腿》《你兜里有枪,还是见到我乐坏了》,大胆、泼辣、没有忌讳。

认识毛尖本人肯定是在《万象》掌舵陆灏安排的饭局上,小妮子虽然话不很多,却快人快语,冷不丁会说句讥诮妙语,却全然不是为了引逗大家。最初几年,虽然多次见面,却没有深交。后来我们前后有了孩子,身份的转变,让我们成为好友。我俩都从长发变短发,从不太会烧饭的文学青年变成了干练的主妇、带孩子的高手。

她儿子乔的年龄在我家老大和老二之间,十多年前我们在上海小住一年半,常常能见到乔跟着姐姐,弟弟跟着乔,一起去游乐场挖沙、玩滑梯、走索道或是去蹦床。后来,两个男孩就成了更好的朋友,特别是我们2012年从南非搬回英国的途中,在上海住了三个月,当时乔刚从美国"游学"归来,我儿子和他同样痴迷乐高和超级英雄,他们可以整整一个下午趴在地上搭建星际世界,交流着双语中最精彩的俚语粗口。

孩子和家务常常是我越来越少写作的借口,但毛尖的文章却海量出现,每年都能得到她的一本新集子。虽然电影仍然是她的钟爱,但她的文字远远超越了影评,她那些短而快的专栏文章,或数百字,或上千字,精粹而幽默,食尽人间烟火,准准地搭在社会的脉搏上。这些简练的文字的内涵量,让我想到她对英国两部电视剧的评论:她曾说,《九号秘事》是用"二十九分钟的片量堪比二十九小时剧情",而希腊三部曲《德雷尔一家》则"用三五分钟时间解决我们用三十集五十集才能搞定的人生大事"。这两句评语用在她自己的文字上,也正合适。

众所周知,毛尖有能将风马牛不相干的人儿事儿扯在一起的神奇本事,这是她的天赋,是她横向思维和巨大的脑容量。每次,我看到她家餐厅里的饭桌,就会想到她的大脑,堆得那么满满团团,每一样东西都同等重要,都丢不得,看似杂乱,其实自成系统,信手拈出几件,就能形成有趣的组合。就像她平时语速极快的说话,并不是她刻意去嘲讽吐槽,而是因为在她的语言系统中,讥诮妙语和家常白话没有区别,都是她日常话语的一部分。所以,那些看似不搭界的谐趣文字、网红桥段、说人叙事、评书论影才能那么自然衔接,因为天衣本无缝。

说毛尖的横向思维,并不是说她不能纵深,撤销掉专栏千字的限制,她的文章也能洋洋大观、娓娓道来,理论出前因后果论据论点来。才华仍是根本,树上掉下来松果,只有她能听到"嗒一声,嗒一声,简直是希区柯克电影的音效"。重读她的经典影评,忍不住要把她当年带着我先生在上海搜罗到的一大堆碟片重新找出来看:张国荣的美、梅惠斯的欲、梁朝伟的三个爱情符号、加曼的微笑、特吕弗的新浪潮。她准确的感悟,不仅对电影,也是对城市,特别是她的香港。"香港人总觉得自己生活在'借来的时间'和'借来的空间'里,所以,他们精打细算一切时空,他们追求每一寸每一分的利用率",香港就是《花样年华》,"衣服是晚宴般的郑重,面条却是最草民的生存,香港精神就在这里寓言般汇合:倾城的姿态,普罗的道路"。

我熟悉的毛尖,虽然有着倾城的文字,却更是普罗的毛尖,是那个我常在地铁站接头快递孩子的乔的妈妈,她"喜欢劳动和苹果的交往,喜欢邻居跑来借点酒,喜欢保安在楼下大声地叫快递快递,喜欢路上有很多人,喜欢热闹,喜欢麻烦"。她知道哪种牌子的海苔花生最好吃,更知道家乡的醉蟹和朋友分享才最美味。

这个普罗的毛尖,到了中年之后,笔下就有了第三种文字,她给了这些文字更多一些呼吸的空间,舒展、感性、清朗,但毫不矫情。她回忆学生时代的生活,食堂的肉圆、后街卖茶叶蛋的老太、丽娃河畔的校园。她写到外婆、老爸老妈、宁波的童年趣事。这类文字中,最"电"了我一下的,是此书的标题,这篇《遇见》。我常听毛尖说起过她的姐姐,却从未听她讲起过弟弟,那个只和她共同生活过十五年的弟弟。也许,二十六年时间,最终治愈了伤痛,毛尖终于把弟弟带到她的笔端。然而,即便是对这重到令人窒息的事情的回忆,毛尖仍不允许自己的文字柔肠寸断,她写给我们的,是和弟弟一起的黄金记忆,那些不用电子游戏帮助的少年乐趣:美好的废品收购站;拼命刷牙用牙膏,为的是那四分钱一个的牙膏皮;偷了外公外婆锁门用的铜栓子,换来了最大一笔废品收入;翘课去镇海玩了一天。这些回忆,毛尖倾城的文字终于有了她普罗的家事和自我做主角。俏皮、灵动、讥诮、泼辣、聪慧、犀利,在这些描述毛尖写作的形容词中,我们终于可以再加上一个:感人。

2018年7月17日

目录

倾城的文字，普罗的毛尖 / 恺蒂　　001

第一辑

— 一代宗师还在台上　　003
— 二奶二爷　　006
— 三生三世和时代元神　　009
— 四季侯麦　　012
— 五十度灰里的想象　　015
— 六个 FUCK 和十个你好　　019
— 七月与安生与套路　　023
— 八九年的老女人和切糕　　026
— 九年八天　　029
— 十二年　　033
— 一百个陆川　　036
— 一千个肉圆　　040

第二辑

— 遇见 045
— 老欧洲 050
— 香港制造 053
— 新加坡的做法 061
— 它到底是我们的 064
— 美国美个啥 070
— 有忍者神龟吗 076
— 都很冷 080
— 甜过初恋 083
— 棺材里的保罗 087
— 哈佛讲堂里的狗 090
— 把浴缸的塞子拔掉 093

第三辑

— 黎耀辉，你还记不记得何宝荣　　　　101
— 照亮黛德丽的腿　　　　　　　　　　104
— 嘉宝的故事　　　　　　　　　　　　115
— 三个梁朝伟和爱情的符号学　　　　　124
— 你兜里有枪，还是见到我乐坏了　　　141
— 金焰的脸蛋　　　　　　　　　　　　152
— 伯格曼与乌曼：看看我，了解我，原谅我　159
— 特吕弗与戈达尔　　　　　　　　　　171

第四辑

— 非常罪非常美　　　　185
— 当世界向右的时候　　195
— 慢慢微笑　　　　　　198
— 没有你不行，有你也不行　206
— 乱来　　　　　　　　211
— 这些年　　　　　　　214
— 永远和三秒半　　　　218
— 例外　　　　　　　　228
— 一直不松手　　　　　256
— 有一只老虎在浴室　　270
— 我们不懂电影　　　　273

— 后记　　　　　　　　276

第一辑

一代宗师还在台上
二奶二爷
三生三世和时代元神
四季侯麦
五十度灰里的想象
六个 FUCK 和十个你好
七月与安生与套路
八九年的老女人和切糕
九年八天
十二年
一百个陆川
一千个肉圆

第一辑
THE FIRST EDITION

一代宗师还在台上

前年看完《一代宗师》后，不断有风声传来，说会有一个完整版出来解释另外两位宗师，也就是两个里子人物：张震扮演的一线天和赵本山扮演的丁连山。

新年等来新版。2D 转制 3D 的效果不错，更不错的是，新版克服了 2013 版后半段破碎的剧情，使得整个叙事流畅好懂。两年前，我们大呼小叫过的那些"看不懂"，都被墨镜王的新版本扫荡。

遇见
MEET

墨镜王扫荡了我们的疑问，可是，原谅我出尔反尔，光滑的新版让我明白，疑点重重的 2013 版倒是更珍贵。因为新版的流畅完全建立在删减上，而旧版的难懂却是因为王家卫有更大的历史抱负，他要讲的是复数的宗师，武林世界和风云中国。

简单地说，大家原本的期待是，一线天和丁连山的暗杀团侧影能够被有效地组织进叶问和宫二的故事中，否则，一代宗师很容易沦为一代情师。2013 版中，宫二声色不动掩护一线天的情节，因为没有因果让观众看得一头雾水，但是，一线天和宫二的这种革命性男女关系却有效地截断了叶问和宫二的隔空缠绵。可惜的是，新版只保留了张震香港部分的戏，一线天的剃刀因为没有在更广阔的政治生涯中闪过寒光，他的白玫瑰理发厅就只是一个落魄武林高手的犬儒归宿。相同地，丁连山的身份因为没有足够的前情提要，他关于"同志"的暗语就变成了赵本山式的小品。这两个人，本来最有希望和叶问构成民国武林的结构性张力，但是，他们在旧版中"叶底藏花"般的刀光剑影却在新版中被彻底清空。最后，一代武林就孤零零地留下叶问一个宗师，跟宫二把一颗纽扣推来搡去。

叶问说，功夫两个字，一横一竖。王家卫的功夫，在新版中缺了一竖，两小时新版讲了一段激动人心的武林爱情，多少浪费了令人心魂荡漾的中国功夫。一个练形意的观众说，电影的

第一辑
THE FIRST EDITION

剧情他不懂，但是，"看到马三在火车站的虎扑时，我感动了，这是我第一次在电影中看到的真正形意十二形的虎形架子！"不难想象，这部电影如果没有这些原汁原味的五行连环拳，半步崩拳，八卦游身掌，纵有叶问和宫二半辈子的互相惦记，观众也不会惦记宗师到今天。

《一代宗师》如今已有四个版本，也不知道传说中的"完整版"还会不会来。一个网友说，两年前，他朋友约他看《一代宗师》，没想到当晚朋友出车祸撞人，在监狱里待了两年出来，消沉不堪，觉得自己错过了人生，不过，他一句话就让他的朋友重新扬起了生命的风帆："《一代宗师》还在上映。"

一代宗师还在台上，你什么都没有错过。听上去是不是很不王家卫？因为王家卫的电影语法永远是过去时，是错过。因此啊，不要相信电影中的人生，要像电影发行公司一样相信人生，《一代宗师》有2D，有3D，过四年，还会有四小时版出来。不过，我希望，墨镜王的"宗师篇"可以翻过去了，我等他十个小时的《繁花》来搞死我们。

二奶二爷

重庆师范大学试行了新的学生管理条例，其中有这样一条：发现当三陪、当二奶、当二爷、搞一夜情的将开除学籍。

规定一出，民声喧哗。一夜情不能搞，那么两夜三夜四夜情？夜情要继续？如果大学生不能支配自己肉身，谁来支配？最后，争议聚焦在，如何界定案情。据该校有关方面称，他们主要是依赖公安机关，一旦公安部门对事实认清后，学校就会做出相应处理。同时，倒有特别敢作敢为的女生跳出来说，我就

第一辑
THE FIRST EDITION

是你们眼中的二奶，但是，我自己并不这么看自己，我只是和相爱的男人同居。

现在，全国范围内的讨论正在展开，学生强烈要求把这样的规定也写入教师的行为准则，家长念声阿弥陀佛，新生活运动是时候了。不过，奇怪的是，天南地北，没有一个人问，什么叫"二爷"？很显然，这个"二爷"是为了讨政治正确弄出来的新词，毋庸置疑的呀！你看，虽然从来也没有人真正界定过"二奶"的含义，但无数女性在这个领域里的实践已经为这个词"闯下了一片江山"。所以，女权主义这回可以高兴一把，他们的努力让重庆师大不敢不把"二爷"也叫出来，嘿嘿，在我们的词典里，又有了一个从阴性裂变出来的，阳性的词。

但是，别忘了，这个时候，一定有人在某处笑，笑我们。如果生活可以这么命名的话，那么我相信，是"二爷"这个词让世界堕落的。一点都不神秘，如同王尔德说的，伦敦本无雾，惠斯勒画雾，伦敦才起雾。

理论掌握群众啊，用"二爷"这个词，检索一下我们的文学史，会发现，他的身世比二奶还要传奇，只不过，那时候，他们是一个个人，可能叫宝玉，可能叫其他。但是，新时代的"捉奸队伍"已经成立，就算你躺在恋人的怀抱里，你也失去了安全感，因为这个世界已经决意不保护我们。如果你今天没有被

"二爷"这样的词捕获,你早晚会被另外的词定罪。

就此而言,三陪,二奶,二爷这样的命名,就是一次犯罪,教唆罪。

三生三世和时代元神

跟楼下的保安小哥聊天,他说新搬来的一楼人家很有钱,三生三世也用不完。看我反应不强烈,他强调了一遍,三——生——三——世。然后,他用剧情片的目光看着手里的一杯茶,跟看桃花似的。我意识到,我得刷一下《三生三世十里桃花》(以下简称《三生三世》)了。

网络剧《三生三世》登场的时候,因为同名小说深陷抄袭争议,遭遇了各种抵制。但很快,地铁里的手机开始播放《四海

遇见
MEET

八荒》,微信圈里出现"四生四世""千里桃花"这些衍生词,我知道这部点播戈达尔三百亿次的网剧接近"现象级"了。

作为一部仙侠剧,《三生三世》的仙和侠主要靠服装表现,整个剧虽然也设置了各路仙魔,可不管是仙是魔,都被爱情掐着七寸,男女主角如此,男配女配如此,主角配角的上一代下一代也都如此。因此网上乱嚷嚷的我们也可能拥有自己的《权力的游戏》,小矮人提利昂的一个眼神就可以把他们打回去。简单地说,《三生三世》就是赵又廷和杨幂不断更换 IP 账号的三场恋爱,而让他们三生三世爱情如此吸粉的原因就一个,两人都是顶级配置,颜值四海最高,地位八荒无敌,一个是天胄,一个是帝女。这样,尽管他们智商飘忽地成了宫斗牺牲品,但等到他们版本升级回来碾压心机婊时,网上飞出一千万个弹幕"爽"。这个,就是网络剧的必杀技,叫"爽点"。

如果这一刻爽到了你,恭喜你,你已经是"大"时代的一分子。这么说吧,《三生三世》是一个"大"数据,大大小小仙人挂在嘴里的"两万年""七万年"是一个"大"数据,就像剧中领冠众神的天君是个超级大泡沫,老头菜鸟造型,智商全场最低,遇到问题便找帝君,帝君不在就犯错误,从来神仙千里眼,但是天君就是个罪魁老男人。神仙好,可神仙逻辑却是个腐朽大公式,用"年"代替"日",用"国"代替"村",感情上也一样,

第一辑
THE FIRST EDITION

以大制小，正出压庶出，正室压侧室，白浅碾压玄女碾压素锦。虽然都是情网恢恢坏女受罚的故事，但网络剧的核心是，最后进入十里桃林的爱情人口，必须是大时代的大员，女主白浅男主夜华，庇佑他们一路桃花的，是他们的豪华出身和豪华装备，这个，才是网络剧的"元神"。

网剧常常和网游相伴相生，没有财力走不到游戏终场，白浅血洗大紫明宫都爽到过我们，但仔细想想，白浅维护的，不过是网络时代的势利，版本越高越有活路。

当然，作为一个现象级网剧，《三生三世》有它不能被数据逻辑涵括的好，尤其前面几集，昆仑虚出现新人，师父公然宠十七，整个师门没有一点点钩心斗角，清新到耽美；还有白真和折颜，耽美到自然，风调雨顺的神仙关系，刹那间有过那么点仙气。可惜，像所有的网剧一样，58集的长度拖垮了最初的桃花，换句话说，原本，一生一世就足够。

遇见
MEET

四季侯麦

朴素地说,"不知情"是侯麦《冬天的故事》的唯一线索。菲莉丝不知道自己喜欢的男人查理去了哪里,还会不会回来。查理也不知道他和菲莉丝有了一个孩子,不知道菲莉丝独自抚养着孩子,他不知道当年只是一个很小的错误导致俩人失之交臂,总之,都是因为不知情。 当然,也是"不知情",马克桑斯和洛伊都把自己的感情押在菲莉丝身上,一个还和老婆摊了牌。 看到这样的关系,你想到《卡萨布兰卡》了吧,有些错误是不能犯

第一辑
THE FIRST EDITION

的呀!

　　好在,这是《四季的故事》。侯麦拍这个故事的时候已经七十二岁,七十二岁的他显得前所未有地自由,在《冬天的故事》的最后时刻,他让他的男女主人公在公车上相遇,而且男的没娶,女的没嫁,这是童话吗?侯麦的高明在于,菲莉丝和查理的相遇不会让你感觉是肥皂剧,圣诞节,这也是日常生活。事实上,结局根本不是侯麦关心的,他的影迷也从来不谈论侯麦的结局,让所有的人念兹在兹的,唯有在影片人物中间转来转去的那些话。

　　这些话,很多年来,一直让侯麦的反对党觉得很无聊,另一个说法则是太文学或太哲学。回头想想,侯麦的主人公的确是哲学的,即使不像《在莫德家过夜》中的主人公那样老谈笛卡尔,也绝对不屑去说卡迪尔。不过,岁月流逝,在革命年代淡出旋涡的侯麦,五十年如一日守候的东西,今天看来不仅不反动,而且比戈达尔还具有人民性。而对于我来说,坐地铁实实在在成了怀念侯麦的一种方式,你看,"不知情"不正是地铁里的恋人絮语显得如此迷人的动力?再说了,当年觉得特别书卷气的侯麦对话,出没在我们的地铁车厢里,多么平常!那边,一对母女俩说的话,不就是《冬天的故事》的台词:

　　菲莉丝:没什么。他太有智慧了。这样的人当朋友还行,可是久而久之我会觉得矮他一截。我也不知道……他太温和了……

母亲：这才好，温和的男人不多了。

温和的男人不多了，温和的侯麦已经离开，深夜的地下铁，都是侯麦的电影。一年四季，怀念侯麦。

第一辑

THE FIRST EDITION

五十度灰里的想象

连着看了《五十度灰》和《穹顶之下》，深感大数据还是这个时代的最大特技。

我承认自己贼心不死，《五十度灰》的全球预告出来后，我就一直坐等这部 SM 大片，矫情点说，我想看看好莱坞能够创造什么男女叙事新模板；老实点说，我想看看千年的淫欲怎么推陈出新。

然后，Duang，我和全世界的观众一样，再次被自己的淫欲

遇见
MEET

扇了耳光。 男主出场挺硬的："哥不做爱，哥干。"可是干你妹，两个小时看下来，被香港翻译成"五十道色戒"的爱情动作片，一道《色·戒》的影子都没有。 相反，新世纪的所有陈腔滥调都能在这个电影中找到，现实人生中没有一丝可能性的相遇和相爱，导演全部用情趣产品帮你达成。 按广告，男主女主短兵相接以后，肉身的火花创造出激情，但是，我可以负责任地告诉你，双方的激情全部来自编导的特技。

男女两用的交通工具，从自行车进化到汽车，现在，终于升级到直升机。 不过，直升机和男主的游戏室一样，志不在炫耀，在抒情，因为，"只给你一个人用"。 听到这样的话，女主当然是软了，就像第一次见面，女主一下子摔进男主的办公室，男主立马也软了。 编导 TM 真心勇猛啊，领着观众和女主到男主的车库里，然后女主问哪一辆车是你的，男主说，全部。 看到这里我对编导跪下了，你们真的不是炫富，是为了表现男女主人公的独特性格，为了宣誓他们彼此小白兔般的全部占有，自行车能抒情，汽车直升机为什么就不能抒情！

中年色情灰姑娘真是遇到好时代了，全世界观众都一样呆萌啊，居然会相信比芙蓉姐姐更缺少阅历的詹姆斯女士会有干货。 看到最后，不出意料的，男主的 SM 欲望又被童年阴影解释了一下。 奶奶的，这个时候我真是怀念王晶，王晶提过西门庆的童

第一辑
THE FIRST EDITION

年吗，凭什么 SM 永远得背着一口黑锅？ 真是烦透了这种老萝莉腔，但是人家詹姆斯女士稳稳坐着色情界的头把交椅啊，想到这里，我的心头，一片雾霾。

由此，我是这么理解雾霾的：一种你看不透的灰色大数据。

面对大数据，咱老百姓当然就扑通跪倒。 类似，《五十度灰》里，男主被塑造成金色大数据的样子，女主的缴械，谁会有意见呢？ 这是我们这个时代的致幻剂。 在大数据面前，臣服就是了，就像无数朋友告诉我，《五十度灰》是部烂片，我还是会毫不犹豫地为它浪费一个晚上，因为它是网络上的数据王。

同样，我看《穹顶之下》，也是因为这两天，它刷爆了我的微信。 一个自媒体产品，获得了天南海北的激情点赞，搞得我在饭桌上稍微表示一下不同意见，就有朋友用严厉的眼睛看着我："你有什么证据？"

我没有一点证据。 事实上，看完柴静的纪录片，我对她有基本的敬意，环球同此凉热，讨论雾霾当然是好事。 但是，我不喜欢她中产阶级的抒情腔，一年里，有一半的日子，她说她要把孩子囚徒一样关在家里。 这个，没有能力锁孩子的怎么看？ 这些人这些孩子，他们有选择吗？ 他们的父亲可以像英国矿工一样，表态说不挖煤去干别的吗？ 如果我有一百万，我也想做一个纪录片，我想问问那些孜孜不倦还在底层生产雾霾的人，难

遇见
MEET

道你不仰望星空?

在任何意义上,我都不想否定柴静的工作,只是,我想,如同所有的数据都不是纯洁的,自媒体也不会没有立场。而从一个影像研究者的角度出发,我的感觉是,《穹顶之下》的成功来自它海量的大数据,这些来自上流数据库的材料把我们弄得膜拜不已。这样,当这部纪录片走到它最后不那么合乎国情的结论时,显得特别合理,特别煽情。其感情逻辑就像,《五十度灰》中,我们看到男主的游戏室,皮鞭皮绳看上去都 LV 兮兮的,立马自动帮女主脱衣服了。

而我的担忧是,在未来,拥有大数据的人会成为新的霸权新的致幻剂,比如,在雾霾问题上,柴静的声名远远超过了丁仲礼院士,虽然后者在这个学科的位置远在穹顶之上。但是,在这个连对 SM 的认识还在中世纪的时代来说,也许,中年灰姑娘的激情想象就够了。

第一辑
THE FIRST EDITION

六个 FUCK 和十个你好

在外文系读书的时候,感觉词汇量特别贫乏的是脏话。 后来听高年级同学说,《麦田里的守望者》中有 785 个粗口,我们没做停留就往图书馆赶。 馆藏的几本塞林格后来一直待在我们寝室,记不清轮流借了多少次。

要说塞林格提高了我们的粗话水平也可以,不过,十六岁的霍尔顿挂在嘴上的也就 GODDAM 和 HELL,八十年代末,对我们还有点刺激的是 ASS 和 FUCK,另外就是小说中的那些

遇见
MEET

DUCK。精读老师一直对我们说读书要认真要认真，这个，我们自学塞林格的时候倒是做到了，还有室友认真去数是不是有785个粗口，晚上我们更学术性地讨论中央公园的那些DUCK是不是有其他意思。不过，等大家集体读完《麦田里的守望者》，一致同意美国人是太容易受惊了。一共也就六个FUCK，八个ASS，且都还是抽象意义上的，《麦田里的守望者》哪里脏到需要禁？

脏话，是我们拿起塞林格的理由，不过，《麦田里的守望者》从第一页开始就有力地捕获了我们。写作课上，我们不约而同使用了"lousy childhood"，尽管童年阳光灿烂，但说一句"脏脏的童年"真是太解气了，愤怒的年龄碰上愤怒的霍尔顿，我们没像查普曼一样去枪击约翰·列侬，老师父母都该感谢毛主席。

我们传阅塞林格，而他本人的沉默和隐居在我们看来真是酷毙了，对越来越脏乱差的世界，最好的批判不就是一言不发？相形之下，我们更看不起为他写传记的作家、兜售他隐私的情人和女儿。"意大利面条就要下锅，罐子里有自制的番茄大蒜调味酱。再过十分钟就是我的生日"这样的句子，作为《我曾是塞林格的情人》的结尾，当然只能"曾是"情人了。再看看，塞林格的句子，短篇集《九故事》中，《给艾斯美写的故事：既有爱情

第一辑
THE FIRST EDITION

又有凄楚》里有个小男孩叫查尔斯,他给大兵出了个谜语:"一堵墙会跟另一堵墙说什么?"

会说什么? 会说什么? 你得装着很费劲地猜。

"在拐弯处碰头!"

在我们青春拐弯的时候,碰上塞林格,即便他的写作范围有限,作品产量更有限,但在这个天地里达到完美的,再没第二人。 所以,关于塞林格死后锁在保险柜里的十五六本书,虽然万众期待,我却心有不安。 就像今天重看中文版《麦田里的守望者》的"译本前言",施咸荣先生说:"我国的青少年生长在社会主义祖国,受到党、团和少先队组织的亲切关怀,既有崇高的共产主义理想,又有丰富多彩、朝气蓬勃的精神生活,因此看了像《麦田里的守望者》这样的书,拿自己幸福的生活环境与丑恶环境作对比,确能开阔视野,增进知识……"这些话,多么让人伤感,霍尔顿早就不是一个美国孩子。 他飘荡进我们的青春,驻留下来,把我们一个个变成口中能说"妈的,天冷得像巫婆的奶头",但心里又特别渴望回到母亲怀抱的装粗俗的货色。 一堵墙已经和另一堵墙碰头,当年崇高的理想,丰富多彩的精神生活还在相遇的墙角吗?

至今记得二十多年前第一次看完《麦田里的守望者》,学了FUCK没处用,就在寝室里互相招呼,那时我们用得多么欢天喜

遇见
MEET

地。 愤怒归愤怒，但生活依然饱满，我们说 FUCK YOU，心里其实"愿意为了某个原则轰轰烈烈地死去"，而不是塞林格这句名言的后半句："一个成熟人的标志是他愿意为了某个原则谦恭地活下去。"

但现在我们全都谦恭地活了下来，脏话不说了，理想也不说了，我很担心，塞林格保险柜里的那些书，也没有脏话，也没有理想，相隔一世纪，七八十岁的霍尔顿和我们再次相遇，还将再次彼此见证吗？

在《给艾斯美写的故事：既有爱情又有凄楚》里，小男孩查尔斯在姐姐的信里给大兵附了一封短信，是这样的——

你好 你好 你好 你好 你好 你好 你好 你好 你好 你好

爱你 吻你 查尔斯

这是世界上最温暖的一封信，也是塞林格最温暖的时刻。我希望，今天，我们打开塞林格的保险柜，会有一些查尔斯的信，而不是垂垂老矣的霍尔顿或者愤怒的小团圆。 因为很显然，对今天的世界来说，最好的批评不会再是隐居是沉默，不会再是六个 FUCK，而是十个你好。

第一辑
THE FIRST EDITION

七月与安生与套路

拿了压岁钱,爸妈说,"来,帮你存起来";电话结尾,随口一句,"有空一起吃饭";室友新做的头发,瞄一眼,"精神多了",这些,都是套路。套路就是人生的棋谱,不走套路的,或者奇人,或者人渣。电影也是这样,套路玩得好,皆大欢喜;逸出套路的,就是神作。

暑假过去,电影市场倒是回暖了,不过网上很多评论都在声讨套路,《谍影重重5》是套路,《星际迷航3》是套路,《釜山

遇见
MEET

行》满满当当僵尸灾难列车套路,《七月与安生》不就是两女一男红白玫瑰,《追凶者也》也是,科恩兄弟套盖里奇套昆汀。 中国电影跟中国足球一样让人胸闷,但中国绝对有世界超一流影迷,比如说到《追凶者也》,网上有人飙套路,一路从《心迷宫》《无人区》《冰血暴》分析到《摇滚帮》,这还只是三个字头的电影部分,反正,套中套连环套,江湖高人总结出的各种套路,足够勒死这些电影。

可我倒是在最近的套路中看到了中国电影的零星希望,一言以蔽之,无论是《七月与安生》还是《追凶者也》,都让人觉得光套路就足够撑起未来十年的电影纲领。

《七月与安生》的故事很简单,两个姑娘,一静一动,如影相随,男人的出现撕开了友情的口子,最后是,安静的七月接手不羁人生,漂泊的安生回归中产生活。 电影征用了青春片的所有套路,安静女恋家庭,漂泊女到处睡,她们关于自由、流浪、爱情、婚姻的概念都非常套路相当庸俗,类似"二十五岁之前是流浪,二十五岁之后就是浪",祖师奶奶张爱玲要是听到,肯定出手痛打,二十五岁以前才叫浪叫矫情好不好。

而《七月与安生》让人舒服的地方是,演员的所有电影表现,没有一点点逸出套路,也因此,套路反而陈仓暗度似的隐形了。 七月撞破安生劈腿,她甚至都没有像原著小说中那样,一

第一辑
THE FIRST EDITION

个耳光上去,这就像,王文娟唱到黛玉临终的"宝玉,宝玉你好……",她的声音降低一度反而增强了表现力,但这句"宝玉你好……"依然是王派唱腔。 大套隐于套,以往青春剧千篇一律的毛病就是,各种方式撑破套路,可以用一朵玫瑰的地方用了一千多,可以用一个眼神的地方用了十把鼻涕,一句台词可以解决的过节用了五分钟你嘶我吼,导致所有人物成了套中人。 但《七月与安生》给了人物套中的空间,而就是这一点点空间成就了电影,说到底,去看青春片的,都是有大把一手的青春经验,编导留下的这点空间,观众自己填上去了,潘金莲的竹竿才叫打到了西门庆。

一样的方式,《追凶者也》也使用了隐形套路方法论,无论是刘烨、张译还是段博文,三人的戏各有类型各有源头,环状结构可以追溯出很多黑色桥段。 但三段故事都没涨破叙事,刘烨、张译和小段因此还能在一个社会层面聚头,否则三个空间里的刺头、杀手和古惑仔聚在一起会很牵强。 曹保平从《烈日灼心》的饱和高音里退回一步,我觉得是好事。

中国电影先把套路做稳了,再出发也不迟。 没有阮玲玉,就按套路拍神女;没有张国荣,《霸王别姬》就走老套路。 就像所有的套子一样,套路是构筑电影安全的一个方程式,大神匮乏的年代,让我们先像《釜山行》结尾那样,按套路解救孕幼。

遇见
MEET

八九年的老女人和切糕

2012年,最红的歌是《江南Style》,最红的问题是,"你幸福吗?"最红的身份是"屌丝"和"高帅富",最红的语气词是"尼玛",不过,所有这些红词红人,在2012年底,遇到"切糕",都弱爆了。

"切糕"一夜成为网络热词冠军,引子是"岳阳公安警事"官方微博发布的一则"警情快报":村民凌某在购买新疆人卖的核桃切糕时,因语言沟通不畅造成误会,双方口角导致肢体冲突，引发群体殴打事件。事件造成两人轻伤，损坏核桃切糕16万。"天价切糕"在接着几天的网络热议中，很快成为民族政策和地域歧视的酵母，有人骂城管欺软怕硬，有人叫嚣切糕党滚，反正，切糕很快摆脱了自己的食品身份，成为当下最大的政治喻体。

切糕引爆的政治议题是十八大以后新一代领导人要考虑的问题，让我感兴趣的是，政治化以后的切糕很快再度跨界，"江南Style"变身"切糕Style"不算，"高帅富"也变成了"糕帅富"，而且，在新一轮的全民造句运动中，"切糕"的外延比之前所有的网络热词都显示出更大的弹性。

从"人固有一死，或轻于鸿毛，或重于切糕"开始，到"你永远不懂什么是上流社会！如果你一定要说自己是上流社会，那我问问你：你吃得起切糕吗"，天南地北的切糕体终于使"切糕"发生了质的飞跃，它成了新时代的度量衡，比如，在讨论房价的时候，网友说，我们这一套海景房约值2切糕；讨论国债时，网友说美国可以用切糕和我们结算。而就在此刻，网络一边直播莫言领取诺贝尔文学奖，一边有网民帮他计算这笔奖金能换几切糕。

能换多少切糕呢？其实网民并不真正关心莫言的这笔奖金，问题的核心是，我们正被切糕这样的度量衡压垮。这个，

遇见
MEET

其实已经被这些年所有的流行语表征了。一个十三岁的孩子在豆瓣发帖,其中有一句话引发了九〇后八〇后的集体吐槽,这句话是:很累,感觉不会再爱了。

"很累,感觉不会再爱了"成了很多人的网络签名,与之呼应的另一些网络口头禅是,"我再也不相信爱情了""随时受不了"。什么叫"随时受不了",有人举过一个很好的例子,说是在人民大学西门听到的。一对情侣吵架,女的对男的叫:"你走!你走!去找你那个八九年的老女人吧!"

"八九年的老女人"和"切糕",差不多是一个格式吧。所以,午夜梦回,想到自己虽然连切糕都吃不起,但好歹把自己嫁掉了,我几乎要笑出声来。至于说如何抵抗那永远在前方的世界末日,我觉得我们都可以从下面的这个段子中汲取智慧:小孩对爸爸说,爸爸,我累了走不动。爸爸说,我们一起数到三,数到三爸爸就抱你。小孩开心地答应了。然后,爸爸喊着"一二一,一二一,一二一,一二一"一路把孩子带回了家。

一二一,一二一。世界不老,我们也还年轻。

第一辑
THE FIRST EDITION

九 年 八 天

《24小时》第八季最后一幕，杰克·鲍尔对着天空中的隐形飞机监视器，对CTU里看着大荧幕的克洛伊挥手说再见，克洛伊泪流满面，我也泪流满面。

九年了，《24小时》陪伴我度过了生命中最长的八天。这一次，我知道杰克·鲍尔再也不会回来。《24小时》永远结束。"Good Luck, Jack!"这是克洛伊最后的台词，这句台词在杰克·鲍尔千千亿亿的粉丝中流转，每一个人都在这平凡的祝福里交付最多的深情。

遇见
MEET

2001年,杰克第一次经历九死一生。 第一次,实时剧的魅力把我们击倒,片头片中"嘀咚嘀咚"的读秒声是世界上最惊恐也是最美妙的声音,最高级的阴谋,最高级的威胁,最高级的军备,最高级的主人公。 杰克·鲍尔是我们告别冷战以后的新特工,被他骂过被他救过被他干掉的元首人物就可以组建一个排。

那年我刚结婚,住在天钥桥路的小屋,浑浑噩噩地写着博士论文,不知道《24小时》的出场其实预言了这个世纪的新格局,预言了这个世界的新命题:911。 当时,我只是一口气看完24集,第二天一边发高烧一边到处跟朋友推荐《24小时》。 少年时候看《上海滩》看《射雕英雄传》对连续剧上过瘾,成年以后这是第一次。

第一次以后,就有第二次。 2002年最难忘的日子,除了世界杯,就是看《24小时》第二季。 然后2003年、2004年。 2004年我等待儿子的降生,老公自己看《24小时》第三季最后几集,却劝慰我说,你还是别看了,免得过于激动。 但是,"嘀咚嘀咚"的声音传来,我们都自暴自弃,荧幕上道弹威胁,肚子里儿子乱踢,杰克·鲍尔最后以"死人"的身份逃脱政府高层的追杀,我看完松一口气。 儿子提前两周来到人间。

做了母亲以后最激动的事情还是看《24小时》,搞得我自己母亲对我非常失望,怎么你们这一代人都做妈不像妈? 我也对

第一辑
THE FIRST EDITION

母亲说，因为纽约的双子楼倒了。话音未落，窗外飞来的子弹射中了黑人总统大卫帕默，第五季大手笔登场，杰克·鲍尔再度从地球上最平凡的一个地方被召回CTU。

"嘀咚嘀咚"，除了中间因为好莱坞编剧罢工拖了时间，《24小时》一年一度光临人间，不仅开启了美剧新时代，也带动了国产电视剧产业。准确地说，让我重新认识了电视剧。甚至，这些年，我开始认为，一个全新的电视剧时代正在到来。这不仅因为，电影已经很大程度上沦为广告；还因为，电视剧的长度更能展现这个时代的状态。

网络上，我无数次地看到这样的留言："杰克要是死了，我把电视机吞下去。"对影像人物的这种忠诚，让我们重温了逝去的七八十年代，因为，只有在那个时代，我们把虚构人物当最伟大的家人一样相处。杰克经历的九九八十一难我们无法历数，但他的粉丝都知道，在哪一季，他死了老婆；在哪一季，他死了情人；又在哪一季，他做了外公，还戴起了眼镜。当然，最最重要的是，我们相信，只要我们活着，他就会活着。

九年八天，杰克·鲍尔所受的折磨让他毋庸置疑成为21世纪最硬的男人，而我们升斗小民，因为跟着他经历了最激烈最漫长的八天，我们也从自己的生活中飞跃而出，重新有了把自己的生活放下，献身一个更伟大使命或更伟大逻辑的愿望。

遇见
MEET

从来没有觉得杰克·鲍尔老过，而每次看《24小时》的时候，我都觉得自己一如看第一季的那个夜晚，依然年轻得可以有任何梦想。 其实，九年过去，老公都已经有无数白头发，但是杰克·鲍尔出场，他又变成三十岁的小伙子，有力气用24小时来看完24集。

第一辑
THE FIRST EDITION

十 二 年

十二年之后,张一白为当年偶像剧《将爱情进行到底》拍了一个电影版续集。老友梅开二度来问我,带小女友看这部电影,是不是有助进程?

我没看过电影,本不能乱说,不过,本着星相学的方法论,我毫不犹豫地告诉老友:这个电影,怕是不宜。

小说史里看看,"十二年",那是前不着村,后不着店。

爱情故事,长的,得五十一年九个月零四天这样,如此,七

遇见
MEET

十六岁的阿里萨携手七十二岁的费尔米娜,走过霍乱得成正果,中间他们各自半个世纪的生活都可以 undo,因为够长,可以算前世,或者说,大家当童话,类似"很久很久以前"一样,没人会去计较到底多久。

短的,不用我说,虽然以前比较多 love at first sight,现在比较多 make love at first sight。 当然,小说有长度,第一眼爱情注定要起波澜,否则就全是麦兜妈跟麦兜讲的故事:从前有一个男的,还有一个女的,他们好了,结婚了,然后死了。 不过,即便是第一眼就有了贼心,类似包法利夫人在永镇遇到练习生赖昂,他们分开,各自人生,然后再相遇,也就四五年光景。 特殊一点的,亨伯特教授看到洛丽塔,立马不能自拔,然后是一段不伦之恋,然后分开,再见面的时候,隔了也没三年。

所以,如果爱情故事中需要一个黄金分割点,我会说,短则三五年,长要三五十年。 你看,老手杜拉斯多懂,十五岁时候的一个爱情故事,七十多岁再去收场。 反过来呢,三五年也就足够把人生经历。《战争与和平》皇皇四卷,娜塔莎和安德烈相遇,订婚,分手,和好;然后,娜塔莎和彼埃尔,从朋友变夫妻。 所有这些,也就三五年光景。

说得通俗点,爱情这个事情,也像开店,或者,老字号,或者,赤刮勒新。 就譬如,南京路上的店,要不"创于同治年

第一辑
THE FIRST EDITION

间",要不"开业酬宾",如果写个"Since 1998",平白惹人嘲笑。也是这个道理吧,古今中外,关于爱情的格言也好,经验也好,小说电影都好,最重要的主题,一直是 time 或 timing。用沈从文的表达就是,我一辈子走过许多地方的路,行过许多地方的桥,看过许多次数的云,喝过许多种类的酒,却只爱过一个正当最好年龄的人。这个"正当",是真谛。反过来呢,所有牛头马嘴的爱情,都有一个时间问题。

这样回过头来看《将爱情进行到底》,徐静蕾老了,但还不够老;李亚鹏衰了,但还不够衰,而当年电视剧的粉丝,也没到真正怀旧的年龄,即便要月色凄凉,也得隔个"三十年的辛苦路",这不上不下的十二年,实在是补天不足,拖地有余。

当然了,从鼠到猪,十二生肖就是十二世;从抗战到建国,十二年也足以改朝换代,不过,这个时间,放在爱情生理学中,真是命相中庸。十一岁可以是洛丽塔,十三岁就是茨威格笔下的陌生女人了,这十二岁,能干什么呢?而且,我在互联网上转悠一圈,发现倒有两个大官,在包养十二年或十二个情妇之后,被带上法庭。

不多啰唆,我的结论很简单,这个用"十二年"大做宣传的爱情电影,不宜用来谈情说爱。当然,这是迷信,信不信全由你。

遇见
MEET

一百个陆川

2012贺岁档,李安的《少年派的奇幻漂流》,冯小刚的《一九四二》,再加上陆川的《王的盛宴》,三部电影都没有一点贺岁的意思。 从票房和排片看,《少年派的奇幻漂流》胜过《一九四二》,《王的盛宴》则基本没有可比性,所以,网上流传一句话:冯小刚和李安之间,差了最起码一百个陆川。

这话幽默,网友喜欢,不过这"一百个陆川"到底是什么呢? 从网络评论看,要克服这个差距,就是冯小刚应该向李安

第一辑
THE FIRST EDITION

讨教如何文艺。

好像是的，无论是《卧虎藏龙》《断背山》，还是《理智与情感》或者《色·戒》，李安的文艺腔一直全球通吃口碑蜜蜜甜。相比之下呢，冯小刚从起初要我们笑，到这些年要我们哭，一直有点弹性不够。不过，当我同时看完《少年派的奇幻漂流》和《一九四二》后，我倒觉得，骨子里，冯小刚其实比李安更文艺。

什么是文艺？早些年，文艺的意思很简单，可以用"棉布衬衫棉布裙子"来概括。这些年，文艺比较接近"民国范"，具体到银幕上，就是爱情主义、趣味主义和历史人道主义成为尚方宝剑。以今年的几部历史题材剧为例，《铜雀台》里，曹操为了爱情放下屠刀；《白鹿原》上，荡妇田小娥成为绝对主人公；接着是《王的盛宴》，这部号称改编自《史记》的电影好像是专门为了侮辱司马迁而存在，从头到尾的2B台词令人浑身酥软，然后，闪耀的基情把历史变成情爱实验田。

相比起这些电影，《一九四二》高明太多了，在乏善可陈的国产电影中，冯小刚完全可以凭此片轻取华表奖或金鸡奖，而且，相比他过去的不节制，《一九四二》做到了凝重，因此对《一九四二》的很多赞美，我不反对。但是，我要说的是，在惨淡的银幕影像中，冯小刚的文艺范始终很显眼。比如，影片中出现

遇见
MEET

的两个美国影星都是经典文艺范的标本偶像,在《一九四二》中,他们一个是伟大的记者,一个是悲悯的牧师。美国记者和美国牧师出现在这里不奇怪,但奇怪的是,在无边无际的中国人逃荒队伍中,却只有地主和贫民两类人,连个知识分子都没有,连个共产党员都没有。当然,共产党员可能会显得不够文艺。

《一九四二》里的美国记者和牧师,一般被解释为冯小刚的电影野心。不过,我更愿意将之看成一种方便的文艺范,因为记者和牧师是最显眼的人道主义符号,再说他们常常也是美国历史片中的主要角色。可是呢,随着冯小刚把美国记者设为影片中最高等级的人道符号,背景复杂的1942最后也就被归结为一场人道主义灾难。

作为一个大腕导演,冯小刚悲悯苍生的历史人道主义有其力量,但既然这部电影又叫《温故一九四二》,此片的目的显然是为了"知新2012",那么,且不论历史中的1942到底是什么样的,比如日本人到底是什么时候占领延津的,比如《时代周刊》到底是怎么帮忙的,我总觉得此片的人道主义文艺范不仅会让中国历史再次变得似是而非,而且莫名其妙让我们欠上美国一笔情。

相比之下,李安这些年的电影倒流露出他对文艺范的一丝厌倦之情。虽然《少年派的奇幻漂流》中那个有老虎的故事依然可以被解读为一次电影人道主义,但老虎也好,食人岛也好,都是非常明确的喻体,就像《色·戒》中,即便梁朝伟和汤唯的床戏成了该电影最大的广告,但是,心事重重的李安当然不是只为了那点色情。床戏推开了《色·戒》中的主义问题,谁还会再把汤唯看成地下党,或者她哪里还是地下党?

类似的,《少年派的奇幻漂流》也用最炫的篇章把"奇幻漂流"做足,而这压倒性的电影篇幅虽然让绝大多数的观众都愿意"跟随上帝",但是,在所有关于《少年派的奇幻漂流》的评论中,大家都在谈论那个没有上帝的故事,那个极为残酷的故事。所以,在李安甜蜜的文艺腔背后,他要撕开的世界早就昭然若揭,而最后,就剩下电影这个最大的谎言,或者说,奇迹。

回到电影本质论的李安,看上去很温和,号称自己要让观众感觉虐心的冯小刚,一直有点气势汹汹,不过,中间隔着的一百个陆川,也许也不是特别大的差距。

遇见
MEET

一千个肉圆

刚进大学的时候,高年级男生非常权威地对我们说:吃到一千个肉圆,大学就可以毕业了。 后来就天天吃肉圆,不是为了等毕业,而是学校食堂确实没什么好吃的。 厨师水平高,鱼也好,肉也好,土豆也好,豆腐也好,都是一个味道;而且卖菜师傅对于我们成长中的胃而言,永远是小气了点。 肉圆却是童叟无欺傻大傻大的,因此成了我们的食谱主打。 肉圆子红彤彤地堆在食堂窗口里,尽管和着九成面粉,辉映着食堂叔叔阿姨的满

第一辑
THE FIRST EDITION

月脸,特别有社会主义大家庭的气氛。

北方来的男生经常和南方的打菜师傅吵架,因为嫌菜给得少。有次,一山东小伙逼急了把一份炖鸡蛋全泼食堂男人身上了,那师傅也火了,顺手抡出一个肉圆子。整个食堂霎时欢腾起来,肉圆从窗口接二连三飞出来,奋勇的学生接住肉圆又往窗口里射,前前后后混战了好几分钟,终于不分胜负。那天损失的肉圆在很长的时间里受到缅怀,不是因为浪费,是战争的奢华感叫人悠然神往。

后来发现,原来这种傻大个肉圆是当时天南地北大学生的共通体验,除了北方学生描绘出的肉圆更傻大一点,积淀在肉圆里的青春和激情是如此相似,让"肉圆"一词像白色年代的接头暗号似的,一比画,就能辨认出是不是同志。

然而,这种肉圆和肉圆时代的生活已经被淘汰出局。学生不再需要捧着小脸盆似的饭碗去打菜,大学食堂已经跟国际接轨,全面完成了"现代化"改造:统一餐具,统一食谱,统一服务。食堂秩序确实也比从前好多了,学生从笑眯眯的人手里接过菜,笑眯眯地端到饭桌上,肯德基式的营销方式成功地收编了我们的肉圆、免费汤,以及无处发泄的精力。

十八世纪,咖啡馆和酒吧在伦敦大量出现,英国文学史全面改观。而我相信,因为肉圆的离去,这个世纪的文学也将换面。 列那狐和花猫蒂贝尔的香肠事件不会再发生了,乌韦·提姆(Uwe Timm)笔下的咖喱香肠大战更是越来越远。

第二辑

遇见
老欧洲
香港制造
新加坡的做法
它到底是我们的
美国美个啥
有忍者神龟吗
都很冷
甜过初恋
棺材里的保罗
哈佛讲堂里的狗
把浴缸的塞子拔掉

第二辑

遇　　见

"早上去公司上班,在电车里遇见了四年没见的弟弟。"这是《温柔的叹息》的开头,青山七惠的小说。

青山的作品,带着日本文学的特点,就是,举重若轻。很多发生在我们生活中重到令人窒息的事情,在日本八〇后笔下,更是云淡风轻到没故事。我本人对这类青春唯美之作没什么瘾,不过青山的好处是,她基本没脂粉腔,因此,看《一个人的好天气》,看她装得那么好,心里也赞叹。

遇见
MEET

不过，星期天的早晨，翻开轻而薄的《温柔》，却被这句开头电了一下。到今天，我自己的弟弟离开我们，整整二十六年了。弟弟刚出事那几年，我常常就有这样的念头：遇见一年没见的弟弟。遇见两年没见的弟弟。遇见三年没见的弟弟。

其实，二十六年过去，半辈子活下来，想到弟弟，倒不再是过去特别痛心的感觉了。尤其这些年，生活中的不如意让我们动不动就要回到过去的好时光，每次我都发现，和弟弟一起生活的十五年，越来越成为我们这一代的黄金记忆。比如，台风天的时候，看对面简易棚的屋顶被掀开，露出里面一摞摞的废报纸、硬纸板，就和朋友非常幸福地聊起了各自的卖废品经验。

哦，多么美好的废品收购站！在父母那里得不到满足的生活，全靠废品收购站来实现。吃父母不允许的零食，看父母不允许的电影，读父母不允许的书籍，都可以指望废品。放学路上我们寻寻觅觅，一个小铁片、一把铜钥匙、半截牙膏管子，全部可以送到废品收购站！朋友说，他家边上有池塘，他爹妈专业养鸭，有一阵子，他父母老在饭桌上议论他们家鸭子的毛为什么长得不密，而且容易掉。事隔经年，朋友在饭桌上还笑得眼泪出来，他们家的鸭子后来看到他，都吓得嘎嘎往池塘里跳，爹妈养鸭，他收鸭毛，有点成果了，就往废品站送。

靠他们家的鸭毛，朋友吃遍了镇上的小吃。我和弟弟没这

第二辑
THE SECOND EDITION

么爽，父母不养鸭不养鸡，我们只有拼命刷牙用牙膏，恶向胆边生的时候，也把牙膏浪费掉，挤到墙上补洞。但一个牙膏管也就换四分钱，买一套金庸小说得用一辈子的牙膏。终于有一天，弟弟和我一起出门上学的时候，特得意地对我使了一个眼神，我们拐出外婆的视线后，弟弟马上从书包里很费力地摸出一大包东西，他用报纸包得方方的，搞得跟《毛选》似的。他拿出来，吓我一跳，是外公外婆锁大门的铜闩子，那东西沉得跟小孩一样，不知道弟弟怎么背出来的。

今天回想，当年的坏人坏事真是具有特别的故事性和抒情性。我们没有多考虑后果，就直奔废品收购站。而且，因为宝记弄边上的废品站工作人员跟我们家里人都认识，我和弟弟还特意不远万里跑到江北中心的收购站。工作人员虽然有些狐疑，也收了下来。多少钱知道吗？那是我和弟弟有生之年最大的一笔废品收入，整整六元六角。

没想到有那么多钱，我和弟弟也有点蒙。不过，既然已经翘课了，既然又刚好在江北汽车站边上，我们就买了两张票，到了镇海，玩了一天，约莫着该上下午第二节课了，就从镇海回宁波，到家差不多放学，外公外婆居然一点都没发现。而且，铜闩子的事情，家里人也从来没有疑心到我们身上，外婆一直觉得是让人给偷了，让叔叔找了块大石头代替。此事不了了之，但

遇见
MEET

也多少助长了我和弟弟的侥幸心理。这是后话。

反正,匮乏年代乐趣多,我把这些讲给儿子听,连废品收购站都要跟他解释。他茫然,我没劲,就算了。而且,更难跟他解释的是凝结在废品上的欢乐,那种在路上跟废品相遇时的喜悦。而我,带着儿子在路上走,街边落下的一元钱,他也就随脚一踢。有一次,在菜场门口,遇到他一年没见的幼稚园同学,两人也淡淡的,就打了个招呼。后来我问他,你看到同学,怎么不激动啊。他就说,他也没激动。

所以,看八〇后的小说,常常我惊讶他们怎么写生写死如此淡然,看看我儿子遇见他同学的反应,我有点明白我们和后面一代的情感结构,是很不相同了。而我父母,一定也觉得我们这一代太变态了,居然会拔鸭毛、挤牙膏去换钱。怎么办呢? cool 确实成了历史性的美学原则。比如在《温柔的叹息》中,一对四年没见的姐弟,在电车里相见,两人也就昨天刚分开似的,弟弟搬到姐姐家里住几天,闲来无事,帮姐姐写她的日记。通过弟弟的日记,姐姐发现自己的生活实在太乏善可陈了。所以,遇到一个看着喜欢的男生,在弟弟的鼓励下,她主动发了一个短信。如此,她去男生那里过了一夜。但是,这个男生,比她还消极,事情没有再发展。她又回到一个人的状态。可是,发生过的事情毕竟发生过了。走过街角,姐姐感觉风景有些不

第二辑
THE SECOND EDITION

同了。

什么都发生过，什么都好像没发生过。这个，其实也不是最近这些年的情感方程式，大半个世纪前的法国文艺和日本文艺中，都特别流行过这样的情节设置，男女主人公说起生死，跟谈论早餐一样。不过，在那个年代，贝尔蒙多这样的状态大家都看得出来是装酷，不，其实不能说是装酷，这是在一种不便高调谈论理想的时候，低调表达理想的状态。可现在似乎有些不一样，到处是失去了梦想的贝尔蒙多，失去了理想的珍西宝，发生过的感情，经历过的生死，似乎是白白发生了。说到这个，其中应该也包含了青山七惠未来的抒情难题：从《温柔的叹息》看，青山是渴望通过姐姐，对当代生活有所抒情，但是，大概连青山自己也不相信，姐姐未来的抒情力气能从哪里来？

能从哪里来？如果青山七惠是方向的话，这力气恐怕也接续不了多久。我想，在这个度量衡上，唱一些红歌，读一些红色经典，也许是有意义的。

遇见
MEET

老 欧 洲

　　一直非常喜欢亨利·詹姆斯的小说，通过男女相遇的故事，润物细无声地表现欧洲和美洲的碰撞。世故的老欧洲，天真的新美洲，一个拖着悠久高贵的历史和文艺腔，一个带着新鲜激情的金钱以及荷尔蒙，前者精致繁复却虚伪，后者率真勇敢但粗糙，两情相遇，各取所需，好像彼此都触动了对方。不过最后，欧洲还是那个老欧洲。

　　7月份，去了趟意大利，感受了一下老欧洲。詹姆斯写作

第二辑
THE SECOND EDITION

《阿斯彭文稿》的威尼斯、济慈生命最后岁月眺望过的罗马、但丁路遇贝特丽契的翡冷翠,意大利到处是典故,随便一个茶馆就是拜伦待过的,随便一个咖啡馆就是缪塞风流过的,搞得我在狭长的"希腊咖啡馆"排队上厕所,对门口的厕所管理员都有点敬畏。 在他的目光下,一整支欧洲文艺队伍清洗过他们如厕后的手吧。

但是,就像拜伦诗歌里说的,这个地方,"命运的星辰已经暗淡",拥有最辉煌历史的意大利,今天看看,比从前更世故,比过去更腐朽。

拥有最辉煌历史的意大利,今天看着,比从前更世故腐朽。

我们一行八人,在意大利待了十来天,所到之处,饭店也好,商场也好,只要事关买卖,意大利人都会很踊跃地对我们说"你好"或"谢谢"。 他们的发音是那么标准,不像美国人说"你好",常带着浓重的英文腔,意大利商人锱铢必较的品质,正面体现在他们的发音上。 但是,安东尼奥是怎么骂夏洛克来着的?

不能相信威尼斯商人的善意啊! 出租到站,他们灿烂一笑,十欧的车费变成十五欧。 刚朵拉到站,六十欧变成一百二十欧,欧欧欧,蓝天下的刚朵拉船夫,还是当年历史学家西蒙兹钟情过的后代吗? 所以啊,千万不要因为意大利美女美男跟你

遇见
MEET

瞄发瞄发，你的心就融化了。他们唱歌给你听，绝对不是他们好客，他们跟你说"你好，谢谢"，也绝对不是他们热情，他们很知道自己的美貌，也知道运用自己的美貌，而这美貌的内核，是没有心的。到最后，连我们这群人中最好色的袁领导也看破红尘，说了句：他们就是惦记我们的钱啊。袁领导前后问过十多次路，每次，都被乱点了方向。在他们灿烂的罗马笑容下，他们其实没心没肺，或者说，欧洲已经老到你感觉不到他的心跳了。

因此，千万不要为冲进商店乱买一通的中国人感到丢脸，西餐厅里我们也没必要非得压着嗓子讲话。在没有心的欧洲，今天的中国人就像一百多年前亨利·詹姆斯笔下的美国姑娘，虽然会被欧洲人非议、各种看不起，但是，到最后，垂垂老矣的欧洲会发现，这些在欧洲博物馆里吵吵嚷嚷的中国人，至少都有热烈的心。可能粗糙一点，甚至可能粗俗一点，但是，相比老欧洲，中国不老。

火车从米兰到威尼斯，上来一个特别时髦的意大利小伙，迅速地一人发一张纸。纸上两儿童照片，看不太懂，我们判断是儿童走失启事，小伙大概是义工。可是一分钟后，这个小伙子挨桌来收钱，说这是他的俩孩子，他没工作，等等。袁领导给了钱，但大家都有种受骗的感觉，因为这男人笑得太甜。

这是欧洲，在他们迷人的笑容中，你感觉不到体温。

第二辑

香 港 制 造

　　灰暗的城市、吓人的闪电,单亲妈妈麦太躺在产床上祈祷:"保佑我的孩子像周润发像梁朝伟……"资质平平、相貌平平的小猪麦兜就这样降生香港。当然,他没有成为发哥或伟仔,他成了最草根的香港人。幼稚园、小学、中学、工作、负债,生活中有的是唏嘘有的是打击和失望,但是凭着"死蠢死蠢"的执着、善良和乐观,麦兜粉嘟嘟迷糊糊兴冲冲地一天又一天地过着。

遇见
MEET

右眼长着可爱胎记的麦兜陪着香港人走过了最上上下下的十几年，九七回归、金融危机，一直到 SARS，麦兜唱着"我个名叫麦兜兜，我阿妈叫麦太太，我最喜爱食麦甩咯，一起吃鸡一起在歌唱"，赢得了贴心贴肺的亲和力。日本动画大师宫崎骏（Hayao Miyazaki）的《千与千寻》全球风靡，但是在香港的票房输给了《麦兜故事》。一个香港朋友告诉我，麦兜是他们至今生活在香港的一个理由，他们喜欢麦兜的名言，诸如"大难不死，必有锅粥"，诸如"臀结就是力量"，诸如"天有不测之风云，人有霎时之蛋挞"，这些最憨直的市民宣言只有香港人心领神会。就像"蛋挞"，它的历史基本可以追溯出一个草根香港史。

去年年底回到香港，完成论文答辩后就约了朋友一起去旺角，上鱼蛋铺，排蛋挞队。其实我既不是鱼蛋迷，也不狂恋蛋挞，只是我知道回到上海，总会有人问我："去香港，食鱼蛋吃蛋挞了吗？"

如果我说没有，朋友会觉得我不懂香港，他们的目光会让我很羞愧。是真的，你可以说没去过山顶，没去过维多利亚港湾，不知道浅水湾酒店的下午茶味道如何。但是，如果你去了香港，却没上茶餐厅，没食鱼蛋，没吃蛋挞，你就太不酷了。因为，鱼蛋、蛋挞和茶餐厅都已经入了流，是资产阶级隐秘魅力的

第二辑

一部分了。

九十年代初在上海，我们谈起香港的时候，说的是半岛酒店，是皇后大道，是永不落幕的香港灯火；但是，现在，上海也拥有骄人的外部硬件了，有了绝不输于香港的天空线，有了更昂贵的生活。这样，就轮到鱼蛋和蛋挞出场了。

鱼蛋和蛋挞是这样被想象的："小超人"下了班不回家，开车先去买蛋挞；周星驰拍了戏，要吃点鱼蛋提提神；还有那些无数的开着宝马去旺角买小食的大小白领就更不提了。因此，一时间，鱼蛋和蛋挞代替半岛成了香港生活的象征。而急就章风格的吃，比如在临街小铺，则全面改写了半岛式中规中矩的排场。至于它们象征的到底是什么，是往日心跳，还是现代情怀，倒是可以从香港电影中寻找线索。

《重庆森林》中，金城武、林青霞、梁朝伟、王菲，四个主人公，没看他们好好地吃过一顿饭，虽然"吃"事实上是电影中最重要的一个主题：几场爱情都是从"吃"开始，靠"吃"推动，终结或升华在吃上。比如下面的两个镜头。

镜头一（金城武问林青霞）：

"小姐，请问你中不中意食菠萝？"（粤语）

"小姐，请问你喜不喜欢吃菠萝？"（日语）

"Do you like pineapple?"（英语）

遇见
MEET

"小姐,请问你喜欢吃凤梨吗?"

镜头二(梁朝伟对王菲说):

"给我一份厨师沙拉,谢谢。"

"拿走还是在这儿吃?"

"拿走的。"

"你新来的? 我没见过你啊。"

……

金城武就在电影里吃啊吃,有一次,还一口气吃掉了三十罐凤梨罐头;梁朝伟也不断地在那个小店买厨师沙拉……凤梨罐头加上厨师沙拉,一个容易过期,一个容易制造,就跟香港生活一模一样。 面对如此人世,香港人快餐快嘴快步快马加鞭地生活着,一切的相逢都匆匆都意味深长,都是时间轮盘赌上的一次机遇。 譬如,金城武说他和林青霞的第一次相遇,"我们最接近的时候,我跟她之间的距离只有 0.01 公分"。 而五十七个小时之后,他爱上了这个女人。 再譬如,《阿飞正传》中,张国荣用阿飞般的无赖和执着对张曼玉说:"1963 年 4 月 16 日下午 3 点前的一分钟,这是你无法否定的事实,因为已经过去了,过去的事是你无法否认的。"

这个城市就这样一分钟一分钟地呼吸着,一公分一公分地丈量着,生活,爱情,一切都带上了稍纵即逝的质地,人和事短兵

第二辑
THE SECOND EDITION

相接，电光火闪地产生七情熄灭六欲。《花样年华》中，张曼玉几度和梁朝伟擦身而过，王家卫极其细腻地表现了他们相遇时的身体距离，表现了空气中衣服的声音，对"一瞬"的"永恒式"表达让人预感到这段爱情大限在前。 同时，张曼玉一次次换上旗袍，一次次下楼去面摊买面条；衣服是晚宴般的郑重，面条却是最草民的生存，香港精神就在这里寓言般汇合：倾城的姿态，普罗的道路。 就像多年前，张爱玲所描绘的浅水湾之恋，轰轰烈烈的香港沦陷不过是成全了白流苏。 说是举重若轻也好，说是举轻若重也好，香港人对生存的体悟总要比他城里的人多一分方生方死的感觉。

也因此，周星驰的爱情大话虽然无厘头，却满世界流传着，"曾经有份真挚的爱情放在我的面前，我没有珍惜，等到后来才后悔，人世间对我最好的就是你了。 你用刀劈死我吧，不用想了，如果上天能再给我一次机会，我会对那个女孩子讲三个字：我爱你！ 如果非要在这份爱上加个期限，我希望是一万年"！

毕竟，誓言从来都只是誓言，"多少事，从来急；天地转，光阴迫。 一万年太久，只争朝夕"。 港人个个都特有"只争朝夕"感，而且，几乎每一个香港人都喜欢"只争朝夕"的武侠电影和枪战片，而此类电影似乎也是香港电影市场可以分庭抗礼好莱坞的秘密。 在那个世界里，子弹比米饭更普遍，鲜血比玫瑰

遇见
MEET

更动人。吴宇森说:"不少人看到人家挨打,情感会得到宣泄。"老老实实、勤勤恳恳的香港人,看着周润发、张国荣成千上万地挥霍子弹,不心疼,还由衷地满足。

好像很难想象没有吴宇森、徐克的香港会是什么样子,起码,教堂里飞不出洁白的鸽子,周润发会沦为百分百中年男人,黑道不知道怎么拿枪,许多香港人不知道如何打发许多个无聊的日日夜夜。豪哥、小马哥、杰……他们鱼贯而出,左手枪,右手也是枪,每一枪都打在香港人的心坎上,因为你只有零点零一秒的优势,因为你的敌人也已经握枪在手,这是对时间最惊心动魄的体认,快快快!快快快!吴宇森、徐克的叙事永远激情盎然,每一分钟都有危机,每一分钟都是高潮,直到电影结束。

说起来,香港的时空感的确和其他城市不同。一百年了,香港人总觉得自己生活在"借来的时间"和"借来的空间"里,所以,他们精打细算一切的时空,他们追求每一寸每一分的利用率。也因此,在香港生活惯了的人,跑到其他城市,感觉就像被按了一个"慢放键"。有一个香港朋友,好不容易拿了长假,跑去雅典休养生息,没到行程结束就回来了。他说,在那里生活,感觉不到时间,让人心慌。打开任何一部香港电影,你就会发现,香港人走路的速度比内地任何地方都快。也就是那样的一种日常速度,造就了风靡世界的杜可风摄影速率。

第二辑
THE SECOND EDITION

香港就这样罗拉般疾走了一百年，一直走到一九九七。一九九七那一阵，香港人个个心神不宁，个个心怀郑愁予式的担忧："我嗒嗒的马蹄声是美丽的错误，我不是归人，是个过客……"应该说，这倒不是爱不爱国的问题，一九九七那阵，每一个香港人都会告诉你："我周围的朋友都在忙着做事，要把自己想做的事赶在'七一'前做完，因为对自己以后的命运没有把握。"

其实，对命运的无力把握感从来都在香港的血液里，这也是海岛的精神气质决定的，香港不大，资源有限；而且，很显然，这种无力感自始至终弥漫在整个香港电影史中，这个城市生产了那么多那么多活色生香的喜剧片就是一个佐证。香港人都非常重视每年的贺岁片，不光是为了每年的贺岁片都是明星云集，想看到谁就能看到谁，而且，香港人喜欢并且需要影片最后的大吉大利。香港人重视传统，重视兆头，重视风水，重视这个城市的每一寸土地和海水。

有时候想，香港人大概是世界上最认同"城籍"的居民。中环金钟尖沙咀，他们喜欢；太子旺角油麻地，他们喜欢；长洲南丫大屿山，他们喜欢……香港人恋爱着这座城市，走得再远，都改不了港腔港调，就像讲粤语的麦兜麦唛，虽然登录内地后讲起了普通话，总还是一眼就让人发现：香港制造。

遇见
MEET

在我的童年时代,"香港制造"暗示了某种精神生活的腐朽,改革开放后我才知道家里有香港亲戚。不过,崎岖的时代却并非全无道理,几十年的沧海桑田,叫人越来越强烈地感到"香港制造"的确暗示了一种精神生活。

譬如青马大桥,它绝对不同于杨浦大桥。在上海,我们说起杨浦大桥,口气和《新闻联播》差不多,那是这个城市蓬勃发展的一个证据。但青马大桥不是这样的,青马大桥是伤口,也是止痛剂。关锦鹏在《念你如昔》中说:"去年偶尔问起一个朋友,问他如果要他最爱的人送他一份礼物的话,他会想要什么。那个时候刚好从新界坐巴士到九龙,他指着那条在海面上搭满大大小小棚架,还在建筑当中的青马大桥,说,我要他送我这个东西,还要其他人不准在上面走,闲着两人在上面散散步,看日落。那我就插嘴说,你要不要他一并把那个新机场送你?突然间会想到,在这些风花雪月的玩笑背后,到底是什么样的一种情绪?"

这就是香港制造,这个城市和着市民们的爱恨一起生长,不像在上海,我们茫茫然抬头,发现黄浦江上又多了一座桥。

第二辑
THE SECOND EDITION

新加坡的做法

儿子还有二十年才能长大,我们现在能做的,就是给他找个好的幼儿园、好的小学,当然,前提常常是,为幼儿园为小学"做点什么"。

那次和《联合早报》的朋友们吃饭,说到这个"做点什么",大家都很有心得。 连著名美女嫣青都不能幸免,为了女儿上小学,她得到小学去打义工,为孩子们讲两年的故事,而且,注意了,一定得父母亲自去劳动!

遇见
MEET

当然，有不需要做义工的学校可供选择，政治正确的姿态是，就让孩子上普通学校，交便宜的学费，抵制名校。但是，世界业已分流，天下父母，谁不希望孩子在更美丽的校园里接受教育？所以，新加坡学校招生，比如，就近原则，比如，义工原则，对于规则已坏的世界，还算是一种补救。不清楚这个政策在贯彻中有多彻底，但至少听上去它挺亲切。咦，这个站在学校门口维持秩序的男人不就是昨天在电视里演讲的叔叔？

从新加坡回来以后，我跟很多朋友谈到这个名校的录取政策，大家都感叹，虽然这种做法也有贪污劳力等种种嫌疑，但毕竟是回馈社会的行为，所以值得在中国社会推广。知道我们为幼儿园"做点什么"？家里再穷，小强爸爸还是一定要求给幼儿园"捐款"，并且特别在捐款书上写明，自愿；而我的同事，这几天一直在打电话，因为他"本人"执意要给幼儿园老师安排一次旅游。这样，我说我没做什么就把儿子送进了幼儿园，人人都用狐疑的眼神看我。

听说过贵族幼儿园面试吗？传说是这样的，一个教师拿出一张十元纸币，问："这是什么？"一个小孩说："这是我爸给乞丐的。"教师道："恭喜，你被录取了。"听上去有些超现实，但金钱的所向无敌正在成为中国的最大现实。每次走过玩具店，我三岁的儿子总是先问我一句："妈妈，你有没有带钱？"他已经

第二辑

知道他的快乐要用金钱购买。

因此,试着回到交换劳动的时代吧,我帮你把道路守望,你帮我把孩子教育,在金钱的蚕食中,让我们先把幼儿园、小学抢救出来。

遇见
MEET

它到底是我们的

饭桌上坐定,京城来的就问,有上海土生土长的吗? 我们说有,让北京领导猜,他毫不犹豫拣了桌上最白净最体面的男人,说,你。 被挑中的就有些光火,故意粗鲁着点,老子山东的,什么眼光! 潜伏下来的真正本地人就在一旁乐,因为被北京人说是上海人,意思不会太好。

然而,就算天天和房东一起分担"啊,上海男人"的辛酸压力,就算夜夜和老婆一起想念家乡的星空,来到这个城市的无数

第二辑
THE SECOND EDITION

外乡人，一年两年三五年，终于是一辈子，离开上海的冲动一直有，但一直的冲动一直被延宕了。那么，在这个艳名远播又声名狼藉的城市，是什么东西拽住了他们？

上海吃得好。以前，民间流传"北京人什么都敢说，广州人什么都敢吃，上海人什么都敢穿"，但最近几年，连广州人都跑到上海找馆子了。国内各大菜帮在上海滩上轮番轰炸，先是杭州菜，接着是湖南菜，再是四川菜、东北菜、客家菜，吃到现在，一家饭馆里是什么菜都有了。

"今天，我们在上海可以吃遍全世界的菜系。"电视上的洋人竖着拇指向全世界做广告。天地良心，这广告货真价实，吃俄罗斯菜，台上有俄罗斯姑娘的大腿舞；到土耳其餐厅，俊美的土耳其小伙就跑过来为你服务。当然，常常也听说，俄罗斯姑娘其实是新疆姑娘，土耳其小伙是一戏剧学院打工仔。然而，不管那么多了，看那老板娘多么风情万种，她一边跟你递眼神，一边帮你涮羊肉，虽然是，你花了一斤羊肉的钱只吃到半斤的货，但是，半斤羊肉半斤温柔啊，而后面半斤，才是真正的上海风味。吃遍全世界，你永远会想念上海老板娘。

胃舒坦了，人就挪不动，而且，饱暖思淫欲，因着上海老板娘，就想娶个上海小姑娘了。虽然很多年前，鲁迅已经讲授过"上海的少女"的不良倾向，但是，洛丽塔毕竟好过末路狂花

遇见
MEET

啊。走进北方店铺，小白杨似的女服务员美则美矣，但是你抬抬头，店铺上方拉一标语："我们决不打骂顾客"，心头一哆嗦，Farewell，小白杨。回头来看上海小姑娘，没错，还有不少小姑娘在传承海派风格，"作"了要死，不断创造 Mission Impossible，但是，也应该看到，当代作女，亦是作资雄厚的，无限缠绵加上无限想象力再加无限能动性，日月换，山水转，辛苦归辛苦，但在一个价值失落的时代，作女为猛男撑出多么大的一片打拼天地。而隔着三十年的辛苦路往回看，你白头偕老的她虽然已经温顺体贴，但拐过地铁口，看到一对小恋人，女孩对着男孩叫："我现在就要吃糖炒栗子！"稀里哗啦，你多么想回到过去，要死也好，要活也好，说是折磨也可以，说是馈赠也可以，反正，在上海生活，就是有这样暧昧的幸福。

有了吃，有了女人，上海再糟，也是家的方向。八千里路云和月，上海 TMD 的确有让外地人特别不顺心的地方，出租车司机倒不特别绕你路，但一听说你河南来的，就问："艾滋病严重吧？"知道你安徽来的，就说："我们家保姆也是安徽的。"总之，经意或不经意，要压你一头。在这方面，港澳台以为可得体面，也没门，你说你台湾来旅游的，他就说五百元带你浦东半天游，你说不要，去地铁站就可以了，司机就冷言冷语："台湾经济也不行了吧？"

第二辑
THE SECOND EDITION

不过,碰上你心情好,说:"行,五百元,浦东半天游。"司机马上精神饱满,一个漂亮弧度,拉你上高架,一边开车一边导游,诺,现在我们就在延安高架上了,等会我开下去让你们开开眼,这个高架有来历呵! 当初在这个地方打桩,一连打断十几根桩子,不可思议啊,因为这个地方的地质不可能是这样,全国的大科学家大工程师都到场了,也没用。后来,请出玉佛寺的方丈,方丈看了也摇头,说,地底下有一条黑龙,桩正好打在龙爪上,得过一百年,黑龙才会离开。没办法。请方丈想想办法,方丈考虑很久,终于说出:用一根金属大圆柱,上面雕上九条金色的龙,在某时某刻打下桩去! 果然,柱子顺利地打了下去,但泄漏天机的方丈不久圆寂了。

然后,司机开车在那龙柱子旁两个来回,让你好好瞻仰,一边证明他见闻的深广,一边证明五百元的物有所值。你要再感叹几句赞美他几句,司机就更兴奋了,索性先带你在市区里兜一兜,看看,那边就是马勒别墅,中纪委来查办上海社保大案的办公室,捉进去好几十个啊,那个叫什么的,刚到门口,就尿裤子了! 终于,你深深地觉得,这五百元,物超所值了。

所以,乱世自有乱世的法则,而所有的上海人,多多少少对这个城市怀有自豪,虽然他们平日里可能受尽高楼大厦的气,但指着外滩三号,他们依然与有荣焉。可能就是这么点虚荣心

遇见
MEET

吧，上海的城市化进程这么迅速，人民这么委屈，但是大街小巷里的上海人，依然兴兴头头，仿佛这个城市的明天里，活生生地养殖着他们的梦想。

晚上回家，安静的地下铁，突然，有一个男人站起来，说，各位，现在我给大家唱一首《人生何处不相逢》。大家还没回过神来，他已经摆好架势，几乎是深情地唱起来：随浪随风飘荡，随着一生里的浪，你我在重叠那一刹，顷刻各在一方……他一唱完，车厢里的年轻人就为他鼓掌，半揶揄半鼓励。男人于是脱下帽子，点题道："在家靠父母，出门靠朋友。"于是，几个年纪大的乘客装睡回笼觉的样子，不搭理递到眼前的帽子；一中年男人投了一块钱后，问他一天能挣多少？年轻的情侣大约被歌词感动，投了五块钱，卖唱男人立马送上口彩："好人一生平安。"

我在徐家汇下车的时候，卖唱男人也下车来，不过，换个车厢，他又上去了。也许是灯光的关系吧，他一进入车厢，涂了一层蜡似的精神焕发。所以说，大都会像春药，吃伤了身体，还会选择吃下去。

走出地铁站，马上听到吆喝声："高科技产品，不灵不要钱！"我挤进人群，看到两个男人在兜售纽扣电池一样的东西，一男演习，一男望风。演习的男人像表演魔术似的，亮出一纽扣电池，然后撸起袖子表示两袖清风，接着，他用煽动人心的语

第二辑
THE SECOND EDITION

调说:"注意了注意了,奇迹就要发生!"果然,他把纽扣电池放在一自来水水表上,水表不转了,然而自来水照样流。"十块钱一颗,高科技产品,花小钱省大钱!"围观的人还在犹豫,望风男人催促说,"快快快,我们马上要走的,这是尖端技术,今天算你们运气!"

再走两步,又听到吆喝:"纯种欧洲名犬! 最后一只!"那欧洲名犬装在鸟笼里,一女孩在问是不是偷的,卖狗的看她一眼,意思是"真不懂事,这还用问吗"。 旁边,有几个年轻人在兜售强力胶,他们把好好一根皮带剪开,又粘上,吆喝着:"永远扯不断了!"

走出好一段路了,还听到年轻人嘻嘻哈哈的声音:"永远扯不断了!"

大半个世纪前,张爱玲与胡兰成去美丽园,看大西路上树影,商店行人,心里喜悦,说:"现代的东西纵有千般不是,它到底是我们的,与我们亲。"车水马龙里,常常我会想到张爱玲的这一声感叹。 所以,尽管北京的朋友每次要疾言厉色地指责我们被花花上海蒙了心,我们却把心一横,决意和恶之花共生死了。 因为,它到底是我们的。

美国美个啥

到波士顿一个半月,我的感觉是,这个国家既是世界上最发达的,也是世界上最落后的。 美国,就像黄石公园的岩石,展示了从原始社会到发达资本主义时代的各个剖面。

美国的吃,基本还在人类社会的第一阶段。 到哈佛第一天,在地铁站附近找东西吃,冷肉冷菜,就问招待,能不能来杯热开水? 美丽的女招待茫茫然,问旁边的男招待,我们有热开水吗?

第二辑
THE SECOND EDITION

没有热开水。我觉得自己像麦兜，没有鱼丸，没有粗面。太阳下，美国人都在吃超大的三明治，喝超大号的冰饮，他们吃得容光焕发腰粗膀圆，直把Q宝看得目眩神迷，问，妈妈，他们有几个爸爸重？

有四五六个爸爸重吧，茹毛饮血，又不用奔跑捕猎，能不长出一身膘？所以，公共汽车上，看到一个人铺满两个人的位置，我就觉得，美国在生态问题上对我们疾言厉色的态度，其实咱一个眼神就可以还给他们。这么多人长到这个地步，如果不是生态问题，那么，就是上帝的问题了。

来美国前，看我买很多板蓝根，朋友都说，哎呀，用不着，美国空气好，不会感冒。没错，空气仿佛是好的，到处是大片草坪，到处有小松鼠出来溜达。有一天黄昏，我们回到贝尔蒙的家，还有一个野兔咻溜过去，搞得Q宝马上很激动地说，美国就是动物乐园。可是，一个时时困扰我的问题是，美国环境这么美，超市里的蔬菜水果都模特似的，可是，怎么我的苹果派没有苹果芬芳，我的南瓜饼也没有南瓜气息？长得跟画似的，吃着跟纸似的，美国的土地是土地吗？

应该说，美国的土地算肥沃，偌大一个公园也就十来棵树，但是却撑开一整片绿荫，树大叶茂，晚上走过，松果从树上掉下来，嗒一声，嗒一声，简直是希区柯克电影的音效。地上成堆

遇见
MEET

的榛子成堆的人踩过去,要是在中国,城市中的果实一定在城市人的肚子里。每次我打哈佛校园走过,看到被踩得脏兮兮的果子,就会想,人有人命,榛果也有榛果命。秋天的时候,我发现我们租住的后院竟然有棵桃树,可桃子都萎落在地,没法吃了,害我惆怅一夜。关于食物,我们中国人的态度是不含糊的,美国人的态度是什么?去超市看看,一个表明低卡路里,一个表态低脂肪,美国人的食物攻略,还就是在吃下去和活下去之间纠结的原始人状态。

所以,几百年移民社会发展到今天,美国在美食上并没有取得令人瞩目的进步,取得的那点成就就环绕在低脂低卡上。坐在哈佛的"燕京"餐厅,先喝上一碗热腾腾的汤,我不能不自豪地觉得,美食而言,我们不用谦虚。

我们得低声下气的,好像是,环保问题。一个不争的事实是,美国比中国有全球意识,比如,美国人环保意识强。

来美国前,我也这么认为。啧啧,美国垃圾已经分类,到处还能看到再循环招牌和再循环产品,道路干净人体面,每天带着Q宝去上学,看到人家车库门口停两三辆车,Q宝就会很羡慕地说,美国人太爽了。

是啊,美国人是很爽,人人开车,还落了一个环保的好名声。到了美国我才发现,狗日的美国环保组织一天到晚督促我

第二辑
THE SECOND EDITION

们限塑限塑，但大哥他自己家里到处是塑料袋，超市根本不限塑，买一支笔也给个大袋子。货架上去看看，美国塑料袋品种之多，就像奴隶时代整出来的那些大大小小的罐子，他们没什么变化，就是号码不同。小到给宠物穿的鞋套，大到侦探电影里装人的，从装一块小饼干，到装一万块饼干，塑料袋是他们生活的原教旨。我们用炖锅，图的是陶瓷和食物的化学反应，但是人家就在炖锅里放一个煮不烂的塑料袋，隔开肉和陶瓷，当然，好处是不用洗锅。总之，如果没有塑料袋，美国生活就无法展开，就像地上如果没有白线，我的朋友萨宾娜就不会开车。

入乡随俗，我也买了很多塑料袋，峰峦叠嶂地堆在厨房里，感觉生活真是方便。方便，就是美国生活的全部逻辑，因为图方便，他们迅速到达发达资本主义阶段，发明了那么多机器，那么多！可是，我家门口修路，把一个小坑填平整，人家前前后后出动了一辆大型车，两辆中型车，然后三个工人就坐在车里捣鼓，折腾了整整一星期，门口那道路还围着，路还是不平整。换了在上海，一个工人半小时就搞定了，所以，就效率而言，美国还是封建时代作风，一种比原始社会和奴隶社会还倒退的工作体制，工具没有带来高效率，反而滋生了被工具拖累的程序化。

美国常常批评我们的官僚体制和腐败问题，但美国本土的官僚气息早就润物细无声，乍看程序完美，骨子里却是准腐败，而

遇见
MEET

且深入民间，成为公众生活的一部分。 我的电脑声卡驱动坏了，拿到哈佛科学中心维修，因为电脑在保修期内，所以他们态度极为亲切地说，可以帮我送到相关公司维修，并且承诺只要四个工作日。 我从科学中心出来，觉得美国真不错。 但是，噢，关于我的电脑故事，我不想再复述了。 总之，在漫长的等待过程中，夏天过去秋天来，叶子黄了又红了，我的美国朋友倒都见惯不怪，劝我另外买一台算了。 终于，熬不过，我另外买了一台。 这是美国拉动消费的方法论吗？

反正，萨宾娜告诉我，她的汽车被撞了一下，她索性就不要了，因为修车太贵。 美国人工贵，全世界都知道，我们还帮他们宣传说，人家尊重劳动，但是回头看看，这尊重劳动的另一面，起点和终点都是深刻的孤独。 我们刚搬进贝尔蒙住的时候，房顶一小块石灰脱落，房东自己带了很多"武器"来，折腾半天，爬上爬下，后来贴了一大块透明胶了事。 美国人看上去都是十项全能选手，下修草坪，上修屋顶，但其实他们都不是真正的能人，是没办法。 我想到我妈，她要在一楼的院子里搭个小花园，一天就完事了，路过收垃圾的人还帮着拉了个葡萄架，我问我妈你给人家钱了吗，我妈看看我，说，怎么给钱，给了一袋苹果。

我喜欢劳动和苹果的交往，喜欢邻居跑来跟我借点酒，喜欢

第二辑
THE SECOND EDITION

保安在楼下大声地叫快递快递，喜欢路上有很多人，我生活的全部安全感就建立在人群中。 我喜欢热闹。 喜欢麻烦。

遇见
MEET

有忍者神龟吗

在纽约,住在繁华的五十街,从三十六楼往下看,能看到大幅标语:十年,会发生很多变化。

很多变化。中国人看到,笑了。十年,在中国,是沧海桑田,是另一个世界。变化,作为发达资本主义世界最后的因果,在中国,是日常生活。十年前在纽约,时代广场、摩天大楼还令人目眩神驰,今天看看,也就是一个徐家汇。不过,地下铁里,列车从一百年的隧道里出来,Q宝还是兴奋地叫:里面有

第二辑

THE SECOND EDITION

忍者神龟吗?

有忍者神龟,呵呵,终于轮到最没有历史的美国出来炫耀历史。Q宝说,你们的地铁怎么这么黑这么旧啊? 萨宾娜就自豪地说,因为这是古代的地铁。Q宝说,哇,地铁有一千年了吗? 萨宾娜就正告,一百年,一百年就很了不起!

是,一百年就有点厉害了,萨宾娜带我们去她家,她说,这房子是我祖父的祖父盖的,我们就对褐色的小楼房肃然起敬。我们的万里长城在,皇上住过的宫殿也还在,但是我们祖父的祖父盖的房子别提了,祖父盖的房子也早不见踪影。 去年回宁波,带萨宾娜看我的老家,可我在解放桥一带盘旋了半小时,被大马路和大商厦扰乱了方位,怎么也无法确定老家的确切位置。所以,美国博物馆里,放一个房子两百年的横切面就把我们感动了,第一层是斯密史一世的泥巴,第二层是斯密史二世的石灰,第三层是斯密史三世的木头,第四层是斯密史四世的涂料,第五层,第六层,第七层……

文物保护方面,我们的口碑一直不好。 尤其比照美国对普通民居也给这么隆重的注视,更觉得我们做得也实在太差了,一二百年的东西不说了,一二千年的东西也随便拉倒不心疼。 不过,有一次,和我先生回他在南通的老家,看见家门口已经被钉了一块牌子,"扬州八怪李方膺故居"。 本来,考证出名人故居

遇见
MEET

是令人高兴的事情,可是,住在名人故居里又是另外一回事。清朝的房子配合的是清朝的太阳和人口,住到现在就不是冬暖夏凉了,全国人民都空调,清朝的房子不能空调,地方政府又没有余地迁居我们原居民,所以,文物保护落到现实层面,就会和老百姓的愿望出现距离。

在历史中生活需要条件。 这些年,大城小镇的受潮流影响也开始保护老城旧区,但是我的一个从老城区来的学生说,我和我哥一听说要保护我们老城就生气,我们要住新房子。 所以,这位学生很激越地说,要保护我们老城的,其实都没在我们老城生活过。 我想起,小的时候,父亲要把历年的《人民文学》等一大堆杂志留下来,我妈转手就给送废品站了,然后腾出那块地方给我和我姐放了书桌。

上个周末,跑到普利茅斯看美国原住民和殖民者的住处,一个感慨当然是五百年前的美洲文明,我们在五六千年前就达到了,感觉没什么看头,呵呵,这样说好像政治很不正确;另一个感慨是,就算是搞原住民保护的,也不会选择生活在那里。 历史和生活,本就是一个来回斡旋的过程,因此,我跟萨宾娜说,如果美国人口和我们一样多,你们家的小楼也早被拆掉了。

至于忍者神龟,如果纽约地下铁里的忍者神龟多到跑出街,那么,一百年的地铁也会被 update,这个,不是发展主义的逻

第二辑
THE SECOND EDITION

辑,是一个城市和城市居民的婚姻故事。所以,每次我回到老家,虽然有乡愁,但感觉也跟《失乐园》的结尾一样:苍白着脸,迎向勇敢新世界。

遇见
MEET

都 很 冷

Q宝喜欢在美国上学，很多朋友就劝我，算了，为了孩子留在美国吧。每次，我都斩钉截铁，不可能。

不可能当然是因为我们热爱在自己的祖国生活。不过，不说爱国主义，就我观察，美国小学教育也很有问题。

首先我要承认，中国教育是我们最失败的地方，基本上，我理解为了孩子移民的朋友，也接受几乎所有对中国教育的批评。和外国朋友谈到中国种种，无论是房地产还是地沟油，我们都能

第二辑
THE SECOND EDITION

争辩几句。只有说到中国教育，就都黯然神伤，一点回旋余地没有。

可是到了美国以后，我也发现，经常被拿来和中国教育作对比的美国教育，很多时候，也和美式自由一样，听着光彩熠熠，但其实又是空洞的。就说美国基础教育，很为中国媒体和网络赞美的是，美国老师对孩子特别好，从不打骂。事情都是真的，我每次问老师，Q宝怎么样，老师都是用最高级形容词。不过有一次，我去"after－school"接Q宝，发现他正在大哭，两个老师围着他拼命安慰。看见我，老师马上紧张地说，事情是这样的，他去上厕所，上好厕所回来发现操场没人了，紧张得，而一到五点半，所有孩子都得回教室，他应该也知道。老师的意思很简单，这是Q宝自己的问题，我的理解也很简单，这是Q宝自己的问题。不过我从老师紧张的表情可以看出来，就为小孩一点点哭，我大概可以给学校写信说孩子没有得到应该的看护。

所以，看上去非常亲切的教育，骨子里是冷的，相比之下，我更喜欢从前我受教育的时代，外表冷内心热的人际关系，比如我的父母经常就对老师说，老师，你要打噢，不打不成器啊！然后老师当着我们的面说，会打的！我父母要碰到我像Q宝一样哭，肯定上来一个耳光先。因此，Q宝脸上一块乌青，美国的老师要跟我道歉半天，我们小时候脸上一块乌青，家长还可能

遇见
MEET

再给一块:"一定是调皮的!"

基本上,孩子在美国教室是被哄着长大,一年级还在学习 abc,每天玩到你爽,充分表达"孩子是未来"的发展逻辑,而这个逻辑中包含的未来想象,其温度却是低的。 所以,同一个逻辑的反面,"美国孩子很早学习自立""美国孩子通过劳动赚钱"这些在中国备受推崇的教育理念,在我看来,也不是源于真正"劳动"概念的劳动,其中暗示的更是,你只有靠自己!

这样,Q宝一年级的数学课,半个学期在教一个 nickle 相当于多少个 penny。

当然,这是教数学的好办法,可我同时也在想,美国教育这种一边要让孩子无限快乐,一边要让孩子面对现实的态度,骨子里是尴尬的。 就像我们排队等车,我的老乡一个劲地感叹,瞧瞧,美国人就是有秩序,互相隔着远远的,不用抢! 哈佛朋友马上冷冷接上,嘿嘿,你抢抢看,马上被告性骚扰!

这是真的。 世博会里,中国人挤在一起十个小时,其乐融融,美国人能那样挤吗?

话说回来,种种在中国备受推崇的美式愉快教学,就和美式自由一样,它愉快的起源是为了避免一切的不愉快,因此,内核是冷的。 本来,我们当代中国教育已经够冷,而如果继续不顾前因后果追尚美国教育理念,最后的效果会是冷上加冷。

第二辑
THE SECOND EDITION

甜 过 初 恋

纽约哥伦比亚大学地铁站,一个看上去有两百岁的老太太走进车厢,我忙站起来给她让座,她却摇摇头示意不用,并且高贵地耸了耸肩膀。我便敬畏地瞻仰了一下她,发现她的帽子上绣了一行字,意思是:我内心住着一个娼妓。

我确认了一下,没看错。啊哦,纽约还真是有点藏龙卧虎的意思。不过回家上网,看到微博上一张照片,我们中国一大妈卖橘子,广告词是:甜过初恋。照花前后镜,美国老太其实

遇见
MEET

纯情,中国大妈其实务实。 不过,在两百岁这样的年纪,内心住越多娼妓,身心就越感孤独。 相比之下,兜售初恋的中国大妈不仅勘破浪漫,还能幽他一默,这幽默的力量来自哪里,滚滚红尘。

萨宾娜常问我,中国最迷人的地方在哪里? 每次,我都毫不犹豫回答她:红尘滚滚。 萨宾娜说,红尘,就算你待的波士顿不够滚,纽约不够滚吗? 不想太伤萨宾娜的心,我问她,纽约街头有盗版有骗子有毒品有娼妓,纽约地摊有卖窃听器跟踪器吗? 纽约街头有卖男朋友吗? 纽约牧师和修女在一起天桥卖艺吗? 萨宾娜撇撇嘴,嗨,你这不是比坏吗!

我看看萨宾娜,告诉她,这个不叫比坏,这个就是滚滚红尘,知道我最不喜欢美国哪一点吗? 虚头巴脑。 美国立法立到私人厕所,但有一半的法律却以真实的人生为代价。 中国大学生在迪士尼实习,看到漂亮的小男孩,用中国人最常见的方式,亲了一下金发小孩,结果啧啧,男大学生被告猥亵罪。 大李在实验室工作,一天到晚解剖小白鼠小兔子,他说,他的美国同事喜欢一边解剖,一边问他,李,听说你们中国人吃狗肉,真的吗? 大李就会很冷静地告诉他,是的,我们吃狗肉,狗肉好吃啊,不过你那只狗不会太好吃。 这样,他的美国同事就崩溃了。

第二辑
THE SECOND EDITION

大李最喜欢调戏美国人的动物态度。有一次，他还煞有介事地在小组会议上提出，这些可怜的小白兔、小白鼠，是不是也请牧师给它们超度一下？美国同事当真了。前几天感恩节聚餐，大李的美国朋友端出火鸡，大李更是神色仓皇地说：嗷，我不吃火鸡，我们老家拿火鸡当祖宗一样尊敬的，比你们的狗还宝贝呢。大李在饭桌上向我们描述美国朋友的脸色，一边啃火鸡腿，一边大笑：嘿嘿，要说天真，美国人真是天真的。所以段子里都说，美国罪犯在监狱里碰到中国罪犯，立马就有了学海无涯江湖无垠之感。

说到底，如果美国的法律真能把美国人管得"五讲四美"，那我们也服气，但现在的状态是，美国人其实也乱穿马路，美国人其实也乱搞男女关系，美国人也一团乱麻，但他们一边自己受制于条条框框，一边还拿着自己都左支右绌的条条框框满世界管人，搞得法律和人情脱节不算，还非要把自己的价值观，包括想象力推销成全世界的价值观和想象力，弄得电影不燃烧几辆车就不是电影，总统不把民主挂在嘴上就仿佛资产阶级还没掌权似的。

看萨宾娜越来越生气，我收口说：你们呢，好得不够，坏得也不彻底。萨宾娜很不爽，剑走偏锋：那你们国家同性恋境遇怎样？

遇见
MEET

我喜欢萨宾娜恼羞成怒的样子,便把她往深渊里再推一下:那我讲两故事你听吧。

第一个,是你们国家的。牧师和教士在酒吧,一个年轻人来搭讪牧师,牧师有点尴尬,就暗示教士解围。教士不慌不忙,对年轻人耳语一句,年轻人就告退了。牧师问他说了什么,教士答:"我告诉他我们在度蜜月。"

第二个呢,是我们国家的,是最近当红的微博小说,就十个字:"贼尼! 竟敢跟贫道抢方丈!"

萨宾娜说,你什么意思。我说,没什么,我比较喜欢热烈的敞亮的人生,就算坏一点,也是自己的。

第二辑
THE SECOND EDITION

棺材里的保罗

西班牙导演考特斯（Rodrigo Cortes）的《活埋》被很多电影网站选为年度惊悚。其实，这个年度奖，完全靠的编剧。关于剧情，一句话可以说尽：一个普通美国人在伊拉克被人质了，谁来救他？

因为不是"大兵瑞恩"，或者说，因为西班牙人考特斯不是美国人斯皮尔伯格，所以，《活埋》主人公保罗最后没有获救。不过，全剧的惊悚和压抑在于，九十分钟的电影，基本一个场景

遇见
MEET

到底：保罗在棺材里。 而影片的真正主人公其实是保罗和外界取得联系的手机。 顺便插播一个广告，这是一部黑莓手机。

通过这部黑莓手机，保罗拨打了911，家人，朋友，公司，FBI，还有各类政府部门。 但是，我们看到，家人的手机处于留言状态，各类有关部门倒是有人，但总是把他的电话转来转去，转到后来，我们就不停听到保罗在骂Fuck。

中国影迷看了《活埋》以后，模拟过保罗如果是中国人，下场会比较幽默。 这个我也相信，我们打服务电话，无论是大公司的保修还是有关部门的投诉，最好是选择英文服务，不仅英文服务比较容易接通，而且你会得到更耐心的接待。《活埋》最后，光线消失，一片黑暗。 理论上来说，保罗死定了。 不过，我想，《活埋》的编剧斯柏林（Chris Sparling）如果思路再开阔些，他还可以再编续集：就在保罗准备自杀的刹那，他想到，他可以给中国的英文服务打电话。 接下来能发生的戏，足够斯柏林去冲刺奥斯卡，而不用像现在这样，戏没开场，编剧本人先陷入奥斯卡拉票门。

当然，中国口碑良好的英文服务，一方面是我们对外国人的善意，另一方面，则不能无视历史遗留的殖民迷情。 而如何破解这道迷情，《活埋》是很好的教材。

就像电影中，保罗要连骂十多个Fuck，美国服务其实根本不

第二辑
THE SECOND EDITION

像我们想象或者他们自己宣传的那么好。Q宝的麻省儿童联保医疗卡办完以后，突然连着来了两个一模一样的卡，我就打电话问，一个星期，我每天上午九点开始打，打到十一点，都是不停地让我在以下服务中选，如此循环往复，八卦阵一样。终于有一天，秋高气爽，让我成功打入阵门，可电话那头一个"飞镖"：关于此事，你应该打另外一个号码。

同样一个事故，我在Citibank办的银行卡，也莫名其妙来了两张，我打电话给客服，一下就接通，一下就解决。后来我总结，像银行这种靠顾客养活的，美国服务的确一等一。其余，铃声苦长吧。

铃声苦长，人生苦短。能不打电话，我绝不打。不过，美国很古怪，有些事情还非要你电话确认。所以，半年来，因为听了太多等待铃声和太多的录音讯息，我觉得自己的听力都有点下降了。常常，好不容易天降甘霖一样，终于轮到可以和人说话，然后那人还要和我说"sorry"，我就有保罗那样的冲动，Fuck Fuck Fuck Fuck Fuck, Fuck You!

所以，小人之心的建议是，大陆真用不着提供如此感情用事的英文服务，除非我们的中文服务也充满感情了。说到底，我们在美国，从来没有被优待过。跟棺材里的保罗一样，我们拨出去的绝大多数电话，都是让人销魂，让人想骂娘。

遇见
MEET

哈佛讲堂里的狗

　　来哈佛前，多少对哈佛有些迷思，帝国最大牌的学府，世界超一流的排名，再加上，国内今天叫卖"哈佛教授"，明天兜售"哈佛女孩"，搞得对哈佛没感觉就不是地球人一样。

　　我跟单位领导辞行的时候，领导也殷切寄语，我心头一热，几乎要说出，"我会珍惜机会，回来报效祖国"这样的话。

　　开始的时候，真还有点珍惜机会。费正清中心早场，就朝费正清赶。卡朋特中心夜场，就往卡朋特走。人生地不熟，走

第二辑
THE SECOND EDITION

错地方,还听过 DNA 讲座,两"耳"一抹黑坐在台下,就听后面窃窃私语说,中间那个是得诺贝尔奖的镇系之宝。于是我就有点种瓜得豆的惊喜,嘿嘿,好歹看到一个攀登到科学最高峰的主,而且,啧,长得还有点帅!

当然,人头马很多时候并不帅,混到哈佛第一排,那得熬多少夜! 初秋的时候,我去哈佛人文中心参加一个讲座,门口站一黑不溜秋,个子矮小的印度人,热情地招呼我们用讲座午餐。我看看吃的东西东不东,西不西,想着大概是这个印度人送来的印度餐。 然后讲座开始,这个印度人走上台,我才知道,他就是已经不需要介绍的侯密·巴巴。

侯密·巴巴的头像其实到处都能见到,但是看到真人还是不一样。 这个倒可算是哈佛风格,很多会议很多讲演听下来,我越来越明确意识到,那个在无数普罗心中的哈佛,和真实的哈佛距离大了去。 就像我后来好多次听侯密·巴巴主持的讲座,我打赌,其中至少有一大半,是学院政治的一部分,是兄弟院校,七姑八婆的串门,每次,侯密·巴巴也多少有点草率地宣布,好吧,今天就到这儿。

这些讲演建立了哈佛的名声,学校布告栏里全是讲座信息,一天有一百场名人秀在发生。 跟朋友讲起哈佛秀场之多,朋友常常艳羡,可是,有一次,也是在人文中心,我刚坐下,旁边一

遇见
MEET

斯文男人也落座,然后他的狗就落座在我们中间。 那天德国教授说的是诗,我一句没听进去,心思全被一旁的狗给占了,倒不是我喜欢狗,而是我一直在想,妈的,这狗听过一千次讲座了吧,看上去简直有点教授人文精神。 回来跟朋友说起哈佛讲堂里的狗,他哈哈一笑,说,怪不得全世界有头有脸有钱的都能到哈佛拿证书。

哈佛真的是一所奇怪的大学,这里有全世界最好的图书馆。嗷,赞美哈佛图书馆,这几乎是这个国家最高尚最贵族最未来最激动人心的表达,只有在哈佛图书馆,"最高学府"这个概念变得特别具体,也只有在哈佛图书馆,一个哈佛学生有用不尽的骄傲资本。 其余,那些数不尽的讲座,世界各地的精英,最终的意思,是意底牢结。 类似游客到哈佛,都要去哈佛像前照相。

约翰·哈佛的左脚已经被摸得铮亮,尽管这个铜像其实并不是哈佛本人,但这个没什么要紧,就像我们谁都没见过财神。所以,有时候我想,那个和我们一起坐在人文中心听课的狗,在本质上,和我们这些游方僧一样的访问学者没什么两样,而哈佛,说到底,也就是一个大庙。 灵不灵,全看你信不信。

第二辑
THE SECOND EDITION

把浴缸的塞子拔掉

记者去采访精神科权威。权威说:"我曾给患者出过这样一道题,我问他们,浴缸里装满了水,想把水弄出来是用勺快,还是用盆快?"记者插嘴说:"正常的人会用盆是吗?"权威看一眼记者,说:"正常的人会把浴缸的塞子拔掉。"

在美国待了五个月,终于看到有人出来,拔了一下美国的塞子。这人叫伊桑·沃特斯(Ethan Watters),是美国的新闻记者和自由撰稿人。他的新著《像我们一样疯狂》(*Crazy Like Us*:

遇见
MEET

The Globalization of the American Psyche），让用勺子和用脸盆舀水的人难堪了。

书中，沃特斯用了四个案例。案例都很常见，但结论却不寻常。第一个案例，1994年，香港有个十四岁女孩死于消瘦，很快，记者通过google，结论女孩之死为"anorexia nervosa"，即神经性厌食。而就在这个美国名词传播开来以后，香港的"神经性厌食"人数激增。各种对抗"神经性厌食"的活动越多，厌食人数反而越多。同一个法则，海啸过后的斯里兰卡，由NGO引入的"创伤后应激障碍"被用来到处辅导灾民，使得当地人承受了更可怕也更漫长的折磨。相比之下，斯里兰卡的孩子因为还没有能力理解这些美式名词，很快克服了创伤。此外，沃特斯也描述了"精神分裂症"这个名词如何进入桑给巴尔。

表面上，美国的新名词由各类权威机构发布，有的还披着宗教的外衣，仿佛既是大善事，也是高科技，但实际的效果是，杀生无数。沃特斯的最后一个例子，是葛兰素史克公司（GSK）把新的抑郁症概念引入日本，一夜之间，令整个日本脑垂体下降。之前，日本只对需要住院治疗的抑郁症有定义，现在经过GSK公司的大力营销，人人有了得抑郁症的前途。

精神病全球化，是美国全球攻略一部分。不过，就像发动

第二辑
THE SECOND EDITION

战争的国家,常常会在本土造成最大的伤害。 美国发明了最多的名词,也是名词综合征人群最大的国家。 基本上,我遇到的美国人,没有一个是自认完全健康的,而且,他们都神神道道的,一般的毛病还不屑于生,这个有"蓝色幽闭",那个有"月桂过敏",听上去蛮诗情画意的,不过要是我外婆听到,肯定骂:送到穷乡僻壤生活三个月,看看还有没有毛病!

我相信这些浪浪漫漫的毛病在前现代,都没有。 就像美国的性骚扰,规定到暗示级别,活生生葬送了一个国家活泼泼的感情。 两周前,我去哈佛医院看风疹,回来跟萨宾娜说起,她就马上很警惕地提醒我,医生给你检查的时候,有女护士在场吗?

我看看她,万一,女护士是同性恋呢? 嘿咻嘿咻,在这个名词泛滥的世界上,原来不过是同性情义,现在都被理解成同性恋。 插一句,同性恋很正常,不过,中国的同性恋人口,多少也有被"名词"的水分。 原来不过是心情有点低落,现在得看精神病门诊。 原来不过是近视,是弱听,是头发少点,精神差点,脸色黄点,个子矮点,现在全部成了匮乏症,需要吃从A到Z各种药品。 原来不过是爱清静,爱糖果,爱动物,爱打扮,爱恋爱,现在全部成了饱和症,需要吃从Z到A的各种药品。 像萨宾娜的同屋,每天早十颗药,晚十颗药,而这些药,都得辛苦打工才买得起。

遇见
MEET

当然，如果美国人只是自己家里弄点药吃吃，我们没意见，可现在，他们的药店都开到我们门下，这跟鸦片输出没什么两样了。不知有关方面有没有一些措施，否则，我们早晚都得跟美国一样疯。摇头兔的故事，大家都还记得吧！

兔子在森林里跑，看到大象抽大麻，说：不要糟蹋自己的身体了，和我一起跑吧！于是大象跟着一起跑。一路跑，一路他们招呼上了用海洛因的狼，用兴奋剂的猴，最后他们看到狮子正在给自己注射，兔子又热情地招呼：和我们一起跑吧！狮子一听，气不打一处来："小兔崽子，每次吃完摇头丸，就闹得整个森林不得安宁。"

不过，当下的现实是，其实美国人自己也知道，他们是吃了摇头丸才跑成这样的。《广告狂人》已经播到第四季，从第一季第一集大家就知道了，如果把香烟广告成"IT'S TOASTED"，那么，《读者文摘》再怎么说吸烟有害健康，也不能阻挡烟草公司的发展了。概念！重要的是发明概念！作为美国偶像，"广告狂人"Don Draper从2007年走到今天，一路斩获无数粉丝，不仅六十年代成为流金岁月，"像唐一样的男人"也成为男界新路标。这个魅力无限的男人当然不是靠外表靠服装风靡天南地北，顺风顺水走到广告界的大佬位置，他凭的，就是美式方程式：靠绝顶聪明让坏人坏事变成酷人酷事，最后还能以宗教般的

第二辑
THE SECOND EDITION

大智慧收拾良心，全身而退。 第四季播到最后，NEW YORK TIMES 刊登了 Don 的一封信，题目是"告别烟草"，信的内容是美国商人常见的忏悔格式：我们叫卖的产品，给人们带来的其实是疾病，是悲伤。 我们知道它不好，但就是停不下来。 现在，我们金盆洗手了。

武侠小说里，邪道高手也会这样金盆洗手，不过，金庸的读者都知道，历朝历代，想洗手的多了去，但没有一个洗成功的。《剑雨》里，杨紫琼甚至把脸都给换了，但还是被逼着重出江湖。 Don 能成功吗？ 嘿嘿，他的这封刊登在 NEW YORK TIMES 上的信，是以广告的形式发布的。

所以啊，吃惯摇头丸的美国人实在也是"我们停不下来了"。 这个，倒也被无数的美剧证实了。《24 小时》一季又一季，杰克·鲍尔停下来过吗？ 他停不下来，我们观众也停不下来。 所以，让自己感觉良好，或者让自己觉得我是对的，就是让全世界跟着摇跟着跑。 这个方法论，美剧掌握了，美国也掌握了。 而关于这个方法论，《广告狂人》的著名台词就是总结："广告，就是基于一个词，幸福。 幸福，就是一辆新车的气息，是远离恐惧的自由，是十字路口的广告牌，告诉你，你正在做的，就是对的。"而这个"对"，就是 Don 这样的天才拍着脑袋想出无数的名词，才越来越对。 基本上，美国，或者说广告狂

遇见
MEET

人，就是要告诉我们：浴缸里的水，用盆舀出来，是对的；用勺舀出来，也是对的。

好在，世界还不是广告的天下。多几个伊桑·沃特斯，美国的塞子也可以拔掉。

第三辑

黎耀辉,你还记不记得何宝荣
照亮黛德丽的腿
嘉宝的故事
三个梁朝伟和爱情的符号学
你兜里有枪,还是见到我乐坏了
金焰的脸蛋
伯格曼与乌曼:看看我,了解我,原谅我
特吕弗与戈达尔

第三辑
THE THIRD EDITION

黎耀辉,你还记不记得何宝荣

2002年,张国荣和梅艳芳生前最后一次合作,共唱一曲《芳华绝代》,全场沸腾。 哥哥以最普通的T恤西装出场,他和梅艳芳在场上互相拥抱彼此抚摸,既缠绵不已又一派天籁,今天回头重看,真是令人不胜唏嘘。 惺惺惜惺惺的黄金一代已经走远,今天站在舞台上的,一个比一个弹眼落睛,真正惊心动魄的却有几个?

张国荣的美,是清晨亚当好颜色,因此,本质上,就像亚当

遇见
MEET

什么都不穿还是亚当，哥哥穿什么都是鹤立的哥哥。他在《流星语》里扮演金融风暴后的潦倒男人，造型师也尽力把他装扮得邋邋遢遢皱巴巴，但是，有什么用呢，当他用宝玉般的眼光穿过银幕注视我们，就算他穿的是麻袋，他还是最清贵最华丽的伊甸初男，如同他自己唱的，"天生我高贵艳丽到底"。

因为高贵因为艳丽，哥哥"颠倒众生吹灰不费"，重温他的电影和相片，有时候会惊叹，一样的发型，成龙用着一派江湖气，哥哥剪着就儒雅斯文，他穿件老头汗衫也是"金枝玉叶"，戴个工作帽也是"金玉满堂"，天生香气藏不住，他是凤也是凰，所以王家卫说到张国荣，也叹息，他什么都好，就是举手投足里都能看到那是张国荣。好在这个行走人间的张国荣人见人爱，《纵横四海》里，周润发把红豆妹妹留给他，因为是张国荣，这个故事依然是童话；《英雄本色》里，嫌弃江湖老哥狄龙的因为是张国荣，观众也能回头重新接纳他。反过来，因为有哥哥在场，《霸王别姬》里的巩俐就没了气场，跟他一起《阿飞正传》的刘德华，出场就知道不是自己的主场。星光熠熠如《东成西就》，九十年代香港的王者之师，张国荣依然能在梁家辉、刘嘉玲、梁朝伟、张曼玉、林青霞、张学友、王祖贤、钟镇涛、叶玉卿的国色天香阵容中稳居头牌，他水盈盈粉嘟嘟，一个人就能诠释最癫最狂最恣肆的港产想象力。他就是那个时代的魂魄，当之无愧的香港绝色。

香港几次选美,张国荣都当选了靓尊,艳压林青霞李嘉欣等人,港人还是有眼光,因为张国荣的美真正是芳华绝代,不可一世。 他是孩子和天神的混合,他可以不负责任抛弃苏丽珍,也可以死心塌地跟住段小楼,他在银幕上两三个小时,演绎的从来不是一生一世,他用电影现在时诠释出一个男人的过去时和将来时,就像《胭脂扣》的十二少,《阿飞正传》的旭仔,《春光乍泄》的何宝荣。 其他演员被角色定义,他定义角色;其他演员被美定义,他定义美。 他就是自己的时光机器,他活跃华语艺坛四分之一个世纪,歌坛影坛就有二十五年不衰期。

据说,梁朝伟有一次在内地,被张国荣的一个影迷悲情问话:"黎耀辉,你还记不记得何宝荣?"这个影迷当时记录说,梁朝伟冲她的方向点了点头。 这个事情,在荣迷中传播很广,一岁一哭荣,张国荣节气又到,不过今天,到我们这一代荣迷已经比哥哥还老,我倒是常常恍惚,不知道何宝荣还记不记得他的黎耀辉,他的前世。

遇见
MEET

照亮黛德丽的腿

一

在英文词典中，作动词用的"上海"没有一个好意思，Shanghai 意味着"诱拐和胁迫"，意味着"用酒或麻醉剂使人失去知觉而把他劫掠到船上去服劳役"。1909 年，美国拍了一部电影叫"Shanghaied"，后来以同样的题目命名的影片在电影史上不下十部，内容多是有关绑架和诱拐的。比如，1915年，由查利·卓别林（Charles Chaplin）主演的 *Shanghaied* 就是一出诱拐的谐剧。故事讲的是一个诡计多端的船主伙同了一个无赖船长，骗了一群水手到船上让他们去远航。其中就有流浪汉查利，而痴心爱着查利的女孩刚巧是船主的女儿，她也偷偷跟着上了船。接下来就是这群没什么经验的乌合之众如何在风浪里闹出种种笑话，如何死里逃生并享受海上生活的故事。

说起来，在电影史上，大概没有一个城市会像上海那样，如此频繁地出没在电影题目和电影胶卷上。1898年，爱迪生的"神秘箱子"刚诞生不久，这个世界的第一代影迷就可以在黑暗中看到《上海街景》(*Shanghai Street Scene No.1 & No.2*) 和《上海警察》(*Shanghai Police*) 了。西方人看着和他们那么不同的东方人，看着"那么那么落后又那么那么先进的上海"，心里惊叹。因此，在西方电影中，上海从一开始就代表着异域的色情和放荡，代表着东西杂交的神秘和混乱。而且，影史上，迷恋过"上海"这个意象的大师从来都是后继有人，其中，尤以冯·斯登堡（Josef von Stenberg）在三十年代和四十年代讲述的两个上海故事最撩人，最黑色，最神秘。

遇见
MEET

二

由玛琳·黛德丽（Marlene Dietrich）主演的《上海快车》（*Shanghai Express*，1932）是电影史上的一部名作。但是三十年代在中国放映时，因为其包含的辱华因素，曾遭到中国人的强烈抗议。以洪深为代表的中国影人还在影院外面举行了游行示威："如果导演斯登堡敢到中国来，一定要拘捕他！"

影片以中国内战为背景，一列特快列车从北京驶向上海。火车上的旅客包括由黛德丽扮演的"上海百合"，由王梅（Anna May Wong）扮演的神秘中国妓女卉飞，她们都有绝世的容颜，坐在同一节车厢里；另外还有一个叫哈维的英国军医（Clive Brook扮演），他在黛德丽变成"上海百合"前就认识她了，曾经是她的情人。接着，火车在中途被反政府军截停了，哈维医生成了人质，但是几番交涉，却被"上海百合"神秘地救了。接着的问题是："上海百合是不是还是哈维在五年前爱过的那个女孩？"影片因此有了一句举世闻名的台词："把我的名字变成'上海百合'，光靠一个男人是不够的。"事实上，在这列"上海快车"上，多数的乘客更关心的是在车上的"上海百合"，而不是内战对他们的旅行构成的威胁。

第三辑
THE THIRD EDITION

    影片一开始,就是北京火车站熙攘纷乱的景象,一片无法无天的无政府状态。而卡米切尔先生(Lawrence Grant 扮演)却在跟年轻的哈维抱怨这列火车上的尤物们:"的确,先生,我相信每趟火车都有罪恶的货物,但是这列火车好像远远超载了。"然后他特别点评了"上海百合"和卉飞:"她们中间有一个是黄种人,有一个是白种人,但是她们的灵魂同样堕落。"哈维不同意,说:"你真有意思,卡米切尔先生。我虽然不是完全不信神,但是,作为一个医生,我有时好奇像您这样的人是怎么来确定灵魂的,而真是确定了以后,又是怎么判断它是堕落的。"哈维一直不知道他从前的恋人如今已是闻名遐迩的"女猎手",也不知道他自己后来的得救源于她的牺牲。影片最后,神秘的卉飞杀死了叛军头领,被扣押的上海快车又上路了。

    黛德丽在这部电影中展示的"恶之花"形象几乎是完美的,这使得她在很长一段时间里被人称为"上海百合";而斯登堡从前影片中最酷爱的柏林和摩洛哥也迅速地被东方的上海所代替。影片中的台词不停地被人模仿,黛德丽的神秘性感在《上海快车》中登峰造极,她穿着满是羽毛的衣服,戴着烟雾般的面纱,加上特别苍白的手,她黑色的纯洁如同地狱天使一样令人无法定义。再加上加米斯(Lee Garmes,本片的摄影,凭此片获奥斯卡最佳摄影奖)的镜头和斯登堡的灯光就像上帝的笔触,把她周围

遇见
MEET

的一切都过滤了。没什么重要的了，除了黛德丽。所以，扮演军医哈维的 Clive Brook 心有不甘，在一次拍摄间隙，他对斯登堡说："我是 Clive Brook。"言下之意要求斯登堡注意他的戏份和银幕形象。当时的摄影师加米斯后来在回忆录中写道："这是不可能的，你被斯登堡选中扮演男主人公，你其实就得扮演斯登堡。"

从《蓝天使》(*Blue Angel*，1930) 开始，到《魔鬼是个女人》(*The Devil is A Woman*，1935) 结束，斯登堡的男主人公在离开黛德丽的日子里，一般是不可以谈恋爱的，而女主人公在她以后的灿烂的烟花生涯里（斯登堡固执而天真地认为），"会一直对过往的恋人保持着内心的忠诚"。说不上这是斯登堡的一厢情愿，还是一片痴情，反正《蓝天使》里的 Jannings 也好，《摩洛哥》(*Morocco*，1930) 里的 Menjou 也好，还是《耻辱》(*Dishonored*，1931) 里的 Oland，或者《上海快车》里的 Brook，所有这些男主人公尽管遭遇被背叛或被抛弃的命运，但是他们内心都得像斯登堡一样，"等着黛德丽"。所以，Brook 根本不可能有机会去表现他自己，他能做的，就是演好冯·斯登堡。

三

　　1951年，巴黎的超现实主义团体一起观赏了冯·斯登堡的《上海手势》(*Shanghai Gesture*, 1941)，看完，所有成员收到了一份问卷，其中一题是："您认为欧玛给波比的那个盒子里装的是什么？"这个问题的背景是这样的：老上海，神秘美艳的金司令（Ona Munson 扮演）操纵的一家豪华赌场兼妓院，来了一个从家里出逃的巨富小姐——夺目的波比（Gene Tierney 扮演）。她和常在赌场的欧玛博士（Victor Mature 扮演），一个阿拉伯人，成了情人。有一次，她问欧玛："你是什么博士？"欧玛说："虚无博士。"同时，他递给她一个盒子，但是，这个盒子里到底装的什么，在整部影片中却一直没有交代。后来，巴黎的这个超现实主义团体收回了问卷，答案千奇百怪，有人说里面是一副眼镜，太阳镜，红色的；有人说里面是一只眼睛；还有人说里面是一只高跟鞋；或者是一个中国字……

　　回头来看这部让巴黎的放荡才子们费尽心思的电影。在这部影片中，最神秘的人物是"金司令"，她的装扮已然名垂影史。在她出场前，斯登堡的摄影机已经把赌场的风云人物和风流人物历历扫了一遍，几乎是全视角的镜头把赌场的宏大场面竖

遇见
MEET

在观众面前,气势之阔大令人叹为观止,斯登堡营造的气氛足以令一个帝王体面地出场。 然后,金司令出来了,她蛇一样的发型和脸部化妆基本上让她脱离了人的范畴,金粉闪闪,眼睛狭长,她是冷酷的。 这是一个从贫病中走出来的女子,她可以不择手段。 当查特利斯先生(Walter Huston 扮演),一个工业巨子想迫使金司令在新年前出让她的赌场时,金司令就授意了狡猾的欧玛博士让波比迷上赌博,并让她尽速在赌场上倾家荡产,因为她查明了波比就是查特利斯的女儿,他的阿克利斯脚踵。 波比很容易地就堕落了,因为她发现"和赌场相比,世界上的其他地方就像幼稚园一样",很快,所有的事情都按着金司令的愿望完成了。 但是金司令不久又发现了查特利斯原来就是从前抛弃她的丈夫。 她决定了复仇。 她邀请了查特利斯来赴宴,打算席间彻底揭穿他的面目。 不过,查特利斯也另有惊奇给她,波比是他们俩的女儿。

这部影片的故事没什么特别,而且,很显然,斯登堡也意不在此,他刻意经营的是影片的黑色气氛和黑色人物。 尤其是影片的后半部分,给人一种幽闭恐怖的氛围,金司令家的布置结合了东方的地狱景象和天堂幻想,不讲话的女仆,金刚一样的保镖,大洞穴般的建筑,阴森森地暗示了豪华和邪恶。 金司令的蜘蛛网一旦张开,就没人可逃。 波比在酒吧里喝的那种酒,欧玛博士那张看不出种族的脸，Phyllis Brooks 沙哑的嗓音都显得如此的非人间，所以这部影片会受到超现实主义者的宠爱。他们甚至喜欢模仿金司令冰刀一样的语调讲话，因为"那实在太地狱了"。事实上，《上海手势》在问世之初，就成了电影经典，而且影评界几乎是如释重负地宣称："唯一没有黛德丽也获得成功的斯登堡之作！"

四

1930 年，《蓝天使》的成功把黛德丽的命运交到了斯登堡的手里。他带着玛琳从德国来到好莱坞，一心一意要为全世界塑造新的尤物形象。他的确成功了，在他们接下来合作的六部片子——《摩洛哥》《耻辱》，《金发维纳斯》（*Blonde Venus*，1932），《上海快车》，《红色女皇》（*The Scarlet Empress*，1934）和《魔鬼是个女人》中，玛琳·黛德丽的名字成了唯一可以威胁葛丽泰·嘉宝的声音。这个双颊瘦削、姿态妖冶的柏林女孩在各个方面挑战她的好莱坞同行，包括她们共同的同性情人。而且，到处有人为她无可争议的魅惑力作宣传，希特勒给她寄空白支票希望她回国，海明威称她为"直布罗陀海峡的岩石"，巴顿把自己的枪送给她，她可以让好莱坞的聚会为她等上三分钟，因

遇见
MEET

为,斯登堡已经把她的脸和身体变成了那个时代的影像高峰。

影像高峰,这不是修辞。 基本上,他们合作的七部影片只有唯一的一个主题:照亮黛德丽的脸,照亮黛德丽的腿! 斯登堡的全部注意力都倾注在黛德丽的神情和服饰上。 和她合作的所有男演员都成了灯光或道具。《蓝天使》是最好的例子。 强宁斯(Emil Jannings),默片时代的帝王,出演《蓝天使》里那个被罗拉蛊惑了的可怜老教授,剧本的意图是"展现这个可怜鬼的命运",但是黛德丽一上场,银幕上就剩下她一个人。 她眼神斜斜插入你心,明知是地狱你也管不住了,强宁斯完全无法控制地沦为配角。

有一次,斯登堡半开玩笑地建议说,最好把他的影片倒着看,这样故事和人物的纠缠就不至于影响观众对银幕人物的欣赏了。 其实他的建议已经不必要,因为只要黛德丽的脸一出现,观众就会如同患恋物癖的人一样无法放过她。 黛德丽直接向观众眨眼睛,直接向观众诉说她的欲望,也就是说,黛德丽直接对着摄影机卖弄无限风情,同时,也只有摄影机前的导演自己可以直接承受黛德丽的目光。 换句话说,天才而善妒的斯登堡通过镜头巧妙地把所有的男主人公排挤出了银幕,只有他,约瑟夫·冯·斯登堡可以面对黛德丽。 这是导演的霸权,但同时,斯登堡也永远地为自己留下了创伤,因为黛德丽只有一个。

第三辑
THE THIRD EDITION

终于，斯登堡也要尝试拍没有黛德丽的影片，他是为了"黛德丽的长大"而离开她的。他拍了根据德莱塞的原著改变的《美国的悲剧》和根据陀思妥耶夫斯基的小说改编的《罪与罚》，但是，这两部影片他自己都不喜欢。后来，就有了没有黛德丽的《上海手势》，而且成功了。好莱坞为他舒了一口气。但是，仔细看看《上海手势》里的女明星们，金司令的细细眼神不是黛德丽的翻版吗？Phyllis Brooks 的哑嗓子不让人想起黛德丽低沉的磁声吗？波比妖媚的体态不就是在向黛德丽致敬吗？而且，她们的台词都像黛德丽主演的影片一样迷人，一样堕落；至于波比的台词基本上就是按黛德丽的口吻设计的。比如有一次，波比在金司令的赌场里，看着满场的纸醉金迷，吸着空气里的烟雾说："闻上去真是无以言表的邪恶，除了在我的想象中，这种地方怎么可能存在？"《芝加哥读者报》也声称："金司令这个角色完全是为黛德丽设计的，斯登堡的用心可谓苦也。"只是，Ona Munson 没有黛德丽那样掌控场面的气势和风情，所以斯登堡把她化妆得极其夺目，而且，她出场时，音乐奏得极其兴奋，一切都是为了取得"黛德丽出场那样的效果"。

所以，斯登堡自己也承认，他根本无法摆脱黛德丽，或者说，斯登堡从来就没打算摆脱黛德丽。虽然，他们一起合作了七部片子，从第一部的"天使"，到最后一部的"魔鬼"，影片题

遇见
MEET

目在语义上很有点反讽,但是斯登堡确实是自己愿意照亮黛德丽,天使也好,魔鬼也好。"一切为了电影",这是斯登堡所信奉的,但是圈子里的人,更相信他是"一切为了黛德丽"。好莱坞有时很头痛,给黛德丽拍一张海报,斯登堡也一定会插手,他先让黛德丽找到最舒服的姿势,然后精心确定她每一根头发的位置,然后打灯光,然后才有了屹立好莱坞的传奇。而在没有斯登堡在场的日子里,黛德丽说:"我觉得自己什么都不是。"

第三辑
THE THIRD EDITION

嘉宝的故事

一　到好莱坞

1925年7月6日，嘉宝（Greta Garbo）和瑞典国宝级导演斯蒂勒（Mauritz Stiller）第一次抵达美国的时候，她二十岁，"像个受惊的女孩"；十六年后，她告别好莱坞息影人间时，早已经是那个时代或任何时代无可争议的女神，因为她的美是无法被超越的。事实上，在嘉宝面前，"美"这个词第一次显示了语义学的寒碜。如果"真理"这个词没有被历史糟蹋的话，嘉宝的美可以说是一种真理：免疫于时间和人间，隐喻了一种终结的秩序。和她合作过的所有导演和摄影师都认为她是他们梦想中的文艺复兴女神，说她有过去和未来最美的眼睛。一个英国记者说："她的脸是人类可以演进的终极。"阿道夫·希特勒（Adolf Hitler）也是她的影迷，非常热爱她演的《茶花女》（*Camille*，1936）。二战期间，甚至还有人策划让希特勒和嘉宝见面，因为嘉宝说了："我要劝他休战，不然我就把他杀了。我是这个世界上唯一可以不受搜查见他的人。"

二 斯蒂勒

嘉宝生于斯德哥尔摩，家境贫穷，从小害羞，她后来回想自己的少女时代，说："我不记得我年轻过，我从来不曾像其他女孩那样真正年轻过。"在皇家戏剧学院的同学合影上，她常常站在最边上，神情孤寂而沧桑。不过，伟大的同性恋导演斯蒂勒很快发现了她，给了她"葛丽泰·嘉宝"这个名字；带着她从斯德哥尔摩走向柏林，又从柏林来到纽约，从纽约到好莱坞。但是斯蒂勒自己的命运却越来越凄凉，他无法融入好莱坞，在嘉宝起步的时候返回了瑞典,次年即过世,临终时手中握的是他和嘉宝初抵美国时所拍的一张照片。而在嘉宝息影后,当被问及在她的电影生涯中,谁是她碰到的最好的导演时,嘉宝非常认真地想了想,说:"斯蒂勒。"

三 "我的心,不习惯幸福。"

嘉宝刚到米高梅的时候,大家都不知道如何安置她。因为她是米高梅的家长路易·梅耶(Louis B. Mayer)为了得到斯蒂勒的让步——斯蒂勒说:"要我去美国,米高梅也得和嘉宝签约。"过了几个月,蒙他·贝尔(Monta Bell)看中了她,让她主演《急流》(*Torrent*,1926)。这部影片相当不高明,但是票房不错,而米高梅也发现了嘉宝的潜力——用罗兰·巴特的话说:"嘉宝的脸带有优雅情爱的规则,她脸上的血肉给人一种毁灭性的感觉。"次年,嘉宝主演了备受赞誉的《尤物》(*The Temptress*,1926),她也因此迅速成了好莱坞的悲剧女神,而全世界的观众,似乎也由衷地喜欢在银幕上看嘉宝死。尤其是嘉宝在《茶花女》中临死的台词,让整个世界的心停顿了几秒钟——"我的心,不习惯幸福。也许,活在你的心里更好,在你心里,世界就看不到我了……"

遇见
MEET

四、"我将以单身终生!"

嘉宝在米高梅的第三部电影《情欲和魔鬼》(*Flesh and the Devil*, 1927)让她碰上了当时好莱坞的"伟大情人"约翰·吉尔伯特(John Gilbert),他们迅速坠入爱河的结果是他们在电影中表现情爱的演技影响了整个好莱坞谈情说爱的方式。但是吉尔伯特向嘉宝的每次求婚都失败了,虽然吉尔伯特结婚的消息还是让嘉宝十分悲伤,她冷冷地说"但愿他无比幸福"。不过他们还是合作出演了五次银幕情侣,吉尔伯特在《克里斯蒂娜女皇》中的角色还是嘉宝为他争取的,米高梅的理想人物是劳伦斯·奥立弗(Laurence Olivier),但是嘉宝抱怨他们俩无法"反应"。奥立弗后来开玩笑说自己之于嘉宝,"就像老鼠之于狮后"。连鼎盛时期的查尔斯·鲍育(Charles Boyer)和她合演《征服》(*Conquest*, 1937)时,鲍育扮演的拿破仑让影评界指责说:"拿破仑在嘉宝面前显得像个小男孩。"大概嘉宝在《克里斯蒂娜女皇》(*Queen Christina*, 1933)中的一句著名台词总结了她的这种伟大的宿命:"我将以单身终生。"

五 "嘉宝开口了!"

米高梅一直不敢尝试让嘉宝开口,他们怕她的瑞典口音加上浓重的沙哑会让观众失望,而嘉宝的很多欧洲同行在默片时代的尾声也在纷纷回国,因为美国观众无法忍受他们的异国腔调。一直到1929年,米高梅还在让嘉宝拍无声片,同时,他们加紧训练嘉宝的英文。1930年,嘉宝的第一部有声片《安娜·克里斯蒂》(*Anna Christie*)问世,编剧特意为嘉宝设计了一个异国风尘女子的角色;同时,米高梅在全世界做了广告:"嘉宝开口了!"1930年3月14日影片首映,整个好莱坞都心情紧张地等待观众的反应。她在银幕上的第一句话是:"给我一杯威士忌……"低俗的腔调加上男人似的沙哑嗓音居然奇迹般地征服了更多观众的心,当时的媒介用"大提琴""中提琴""红酒"等从来没见用来形容声音的词来描述嘉宝的声音。但无疑,她的声音跟她的脸一样独一无二。米高梅欣喜若狂,他们无法想象失去嘉宝的代价。1931年,克拉克·盖博(Clark Gable)有幸在嘉宝的《苏珊·乐诺克丝》(*Susan Lenox*:*Her Fall and Rise*)中和她演对手戏,影评人看后再次大叫:"嘉宝开口了!"——嘉宝在吻盖博的时候,张开了嘴,色情而保守的好莱坞惊呼:"电影史上第一次！"

六 "请让我一个人待着。"

"请让我一个人待着。"——在嘉宝的每部电影中，观众都能找到这样一句台词。而嘉宝以后的任何演员，在说出类似的台词时，都不可避免地带上了嘉宝的语气，因为她的脸庞，她的神情和她独一无二的嗓音已经完全穷尽了这句话的含义。在她的访谈录中，她说："我自认为最幸福的时刻是一个人，或者和少数几个朋友在一起。"在好莱坞拍戏 16 年，嘉宝接连地搬过 11 次家，她避世的风格令媒体对她的追踪变本加厉，而好莱坞也趁机开了她很多玩笑。他们模拟她的形象和嗓音来制作动画片和漫画；他们评选"嘉宝、卓别林和米老鼠"为世界上最伟大的三个演员。但同时，她的孤傲也给了很多人难堪。英格丽·褒曼（Ingrid Bergman），嘉宝的瑞典后辈，据说她在皇家戏剧学院的课桌就是嘉宝多年前的位置，初到米高梅便去求见嘉宝，嘉宝从窗后看着她从车上下来，拉上窗帘，说"告诉她我不在"。很多年后，褒曼在回忆录里写到这件事说："我想最悲哀和最讽刺的是，那时，我刚从好莱坞起步，不知道她正要退出。"

七、"嘉宝笑了！"

嘉宝在好莱坞的唯一的一部喜剧《尼诺奇卡》(*Ninotchka*，1939）的广告词是——嘉宝笑了！ 德国出身的伟大导演刘别谦（Ernst Lubitsch）让观众见识了"刘别谦手法"的喜剧版，并极其成功地让全世界的观众在嘉宝的笑声中哈哈大笑。 嘉宝主演的尼诺奇卡是个来自苏联的共产党特使，但是不久就被巴黎的花花伯爵"腐化"了：伯爵吻了她一下，问她感觉怎样，她说："不错，很安神，再来一个。"自此，她也不再是看不惯法国时装的女人了。 嘉宝在前半部影片中所穿的列宁时代的女装和她高度警惕性的话语让刘别谦好好地嘲讽了一通苏维埃，但有意思的是，中性化的服装让嘉宝别具另一种美。 也许在很多方面，她确实像她的伟大同行玛琳·黛德丽（Marlene Dietrich）一样，"有性，但没性别"；也可能，正是她们身上的同性恋倾向让她们征服了全世界的男人，和女人。

八、天鹅之歌

没有人会想到《双面女人》(*Two-Faced Woman*，1941）成

了嘉宝的天鹅之歌。嘉宝也从来不愿谈及为什么突然息影。不过《双面女人》的失败也许解释了一点什么,嘉宝在这部影片中的形象——好莱坞的广告是"嘉宝最快乐的形象"——是个惨败,这可能让她对摄影机产生了一丝恐惧。而且,以纽约大主教为首的批评人士也大肆攻击这部影片,认为该片"宣扬了不道德的、反天主教的婚姻观"。在主教看来,"如果神圣的嘉宝的地位可以被动摇,那说明好莱坞可以被整顿"。后来,米高梅和大主教取得了私下的妥协,但好莱坞牺牲了嘉宝。四十年代早期,比利·怀德(Billy Wilder)在贝弗利山遇到嘉宝,问她可愿重返好莱坞,她说:"除非请我演小丑。""她不是开玩笑,"怀德说,"她开始害怕让观众看到她的脸,她希望在重重油彩下演出,这样观众就看不见她了。"其实,嘉宝后来还是被好莱坞说服出演了一部彩色影片,但是那部影片中途因为资金问题被停掉了,而全世界观众也就再没有机会看到世界上最美丽的蓝色眼睛。

九、告别

嘉宝有四部电影——《安娜·克里斯蒂》、《传奇》(*Romance*,1930)、《茶花女》、《尼诺奇卡》——曾获得奥斯卡提名，但一次都未曾得奖。尽管如此，正如著名导演克莱伦斯·布朗（Clarence Brown）说的："她一次都没得奖，可她永远是银幕上最不朽的女人。"1954年，奥斯卡评委会似乎为了要表达他们的"过失"，为嘉宝特设了一个奖，以表彰她"一系列的闪光表演"。自然，嘉宝没有去领奖，她的朋友也声称从来没在她家见过那个奥斯卡。其实，即使是她在好莱坞最如日中天的时候，嘉宝都一直"和这块电影殖民帝国不能完全融合"。在一次很难得的访谈中，她说："我就像一艘没有舵的船——迷茫、失落而孤独。我笨拙，害羞，紧张，恐惧，对我的英文过于敏感。这就是为什么我在自己身边筑了一道压抑的墙，并永远住在那道墙后面。"1990年4月15日，嘉宝永远在那道墙后消失了，世界失去了她最美的脸，不过，这个传说是"哈姆雷特以后最忧郁的斯堪的纳维亚人"可以不用再转悠到德国士兵的墓地去寻找她的安宁了。

三个梁朝伟和爱情的符号学

打牌，一个通常的规则是，拿到黑桃3的，获得出牌权。在华语电影圈，这个能为你拿到出牌权的黑桃3，首选梁朝伟。

梁朝伟出道至今，不算龙套，出演过的影视剧有七十多部，虽然这个量，在香港影星中，不算惊心动魄，但是梁朝伟却绝对是让导演拿着可以第一时间到处吆喝的，不知多少次了，梁朝伟为各种款式的电影赢来了投资、女主和奖项。今天只说梁朝伟主演的和上海有关的三部华语电影，在这三部电影中，梁朝伟扮演的，都是情人。

电影史上，无数导演挑战过上海题材。十九世纪末，电影登陆人间的时候，第一代影迷就可以通过神秘箱子看到《上海街景》（*Shanghai Street Scene*）和《上海警察》（*Shanghai Police*），因此，从一开始，上海就是作为奇观获得影像定义。后来，无论是冯·斯登堡拍《上海快车》（*Shanghai Express*，1932），拍《上海风光》（*Shanghai Gesture*，1941），还是奥森·威尔斯（Orson Welles）拍《上海小姐》（*The Lady from Shanghai*，1947），上海，都被明示或暗示为一个深渊般的迷人存在，就像《谍海风云》（*Shanghai*，2010）台词宣告的，"上海，让我莫名恐惧"。

现在，来看梁朝伟和他的上海女人。

王莲生

侯孝贤说，"梁朝伟眼睛里有很多压抑"，不知道是不是这个原因，他拍《海上花》（1998）的时候，全片最吃重的角色王莲生请了梁朝伟饰演。

张爱玲注译韩子云的《海上花列传》，在《译后记》中，她写道："书中写情最不可及的，不是陶玉甫、李漱芳的生死恋，

遇见
MEET

而是王莲生、沈小红的故事。"侯孝贤接过这个表达方式,拍《海上花》的时候,用了张爱玲的逻辑来结构电影。

电影开场是公阳里周双珠家的酒局,周双珠和洪善卿正面对着镜头坐。行走长三书寓间,洪善卿在电影中的职能跟小说差不多,他既捐客又调停,串起这边的恩情那边的怨。洪善卿算是周双珠的知心人,但两人之间是理解,不是爱情的模样。爱情这种东西,在妓院里,似乎只短暂地存在于年轻倌人和年轻客人之间,所以,《海上花》第一场戏,大家起哄嘲笑陶玉甫和李漱芳的恩爱——

"这个李漱芳和陶玉甫要好得不得了。"

"要好的人,我们看得多了,从来没有见过像他们两个这样的。为啥?像麦芽糖一样搭牢了,粘勒一道了。一道出去,一道进来。有一天没看到他,完蛋了。娘姨们到处去寻,寻不着,就哭。"

"寻着了,又哪能呢?"

"听我讲。有一趟,我特为去看他们。一大早,我一看,两人就我望你,你望我,这样望了半天。"

"不讲话吗?"

"不讲话。两人发痴呀。"

一桌男人哄堂大笑,继续喝酒。这段开场,侯孝贤花了大力气，一个长镜收下《海上花》里的男人样本，有洪善卿这样的妓场老卵，有朱老爷这样的典型嫖客，有罗子富这样的豪爽恩客，有陶玉甫这样的花界清流，还有，王莲生。

坐在周双珠边上的王莲生一直没说话，但侯孝贤的镜头一直在打量王莲生的反应，众人说一句，镜头看一眼王莲生。说到陶玉甫和李漱芳的痴爱，大家是哄笑，王莲生是若有所思，作为资深嫖客，他有些不好意思吧，这个年纪还跟初入妓界似的怔忡不宁。反正，他和其他嫖客态度明显不同，到后来，他的表情就完全游离于话题，周双珠于是跟他耳语了几句，王莲生离场。趁这个机会，洪善卿切入电影主线和主角：因为王老爷做了张惠贞，今朝沈小红带了娘姨，追到明园打了张惠贞。

《海上花》电影像章回体小说一样，一共二十来回，一个回目结束一个黑镜转场，涉及王莲生和沈小红的有一半，如何让其他章节不散，就靠把其他回目和王沈关系做成对比图。整部电影，其他客人和倌人，因此都是王莲生和沈小红的支撑和说明，类似陶玉甫和李漱芳在第一场戏中那样，悄悄作为比较级出现，这是小说和电影的非同寻常处。欢场里的男男女女，最高等级的感情形式不是翻江倒海像周双玉逼朱淑人吞鸦片，也不是陶玉甫李漱芳这样痴痴侬侬宝黛型，大江大海的剧情在妓院不算什么，真正惊心真正动魄的是，一种又现代又家常的关系。芸芸

遇见
MEET

男女，洪善卿和周双珠倒是有进阶到家常的可能，可惜洪善卿作为男性的吸引力不够，只有沈小红和王莲生，在前前现代的框架里，秀出了又夫妻又情人的关系。 沈小红打了张蕙贞，王莲生还得回去赔不是；王莲生偷窥到沈小红夜妠戏子，也不敢一脚踹开门，只是把沈小红的家具一通乱打；到最后，两人终于断了，听说沈小红过得凄惶，王莲生还掉下两滴眼泪。

这个王莲生，选梁朝伟演算合适，华语男演员中，只他有能力在非日常感情中注入日常感，同时又能在日常姿态中暗示非常态。 编剧朱天文说过一个事，拍《海上花》时候，大家都练习抽鸦片，练得最好的是梁朝伟。"它已经变成整个人的一个部分，当他抽烟你就晓得不用再说一句话，不用对白，不需要前面的铺陈和后面的说明。"后来我把戏中几个人抽鸦片的情景全部又过一遍，果然梁朝伟抽鸦片完全没有道具感。 这种没有道具感，表现在男女感情中，就是排除了所有的表演腔。 他坐在荟芳里沈小红的榻上，一看就是坐了有四五年的样子，但这四五年也没有坐灭他的感情，他依然是情人般的丈夫，丈夫般的情人。 对比之下，作为主人的沈小红却不像是在自己家，她坐在床边坐在榻上，都做客似的。 侯孝贤全片使用长镜头，四十多个长镜头串起一部《海上花》，没有常规剧情没有起承交代，用朱天文的话说，侯孝贤就是想表现十九世纪末高等妓院区里，"日常生活的况味",这个况味,梁朝伟帮他达成了一点点。

王莲生带着洪善卿汤老爷两个朋友到沈小红书寓去,开头是洪善卿想着帮王莲生讨伐一下沈小红顺便也帮王莲生搭下台阶,但是沈小红的娘姨阿珠厉害,一顿反击,"我们先生做王老爷之前,还是有几个客人的,跟了王老爷以后,几个客人也就断了。王老爷是你自己说的,我们先生欠多少债,你就替她还多少债,这个时候,王老爷倒先去做了张惠贞,你说我们先生是不是要发急?",男人们招架不住当然也是不想招架,洪善卿汤老爷先行告辞,留下王莲生和沈小红冤家面对面。

沈小红前面直截了当数落过王莲生,我跟你也有四五年了,你给我的东西都在眼前,也就这点,你跟那个张惠贞也就十来天,倒是什么都帮她置办好了。 其间,王莲生一句话没说,王莲生把张惠贞拉扯成长三,当然是因为心里气沈小红不专一。然后,镜头一黑,明快的金钱问题直接转场私情,一点隔阂没有,穿着睡衣的王莲生从后面抱住沈小红,如此,王莲生一手一脚表达出了韩子云原著中的"金情一体",侯孝贤也算是实现了《海上花列传》的一半精髓。

《海上花列传》的精髓,简单地说,就是把金钱问题和感情问题放在一个框架里彼此明喻,韩子云在一百二十多年前抓住的这点,真正为上海型塑了既真实又扎实的感情结构。 后代关于

遇见
MEET

上海的电影，凡是失败的作品，都有一个共同的问题，不是金钱归金钱感情归感情，就是金钱和感情互相诋毁，弄出一批"五讲四美"的羔羊姑娘，看到钱就跟看到污点似的。要知道，真正让人产生愉悦感的感情，都不可能脱离金钱，这个，奥斯汀的小说是绝好的例子。不过，侯孝贤也没有最终做好《海上花》，其中最大的败笔是语言问题。

最初，编导心里，沈小红的首选是张曼玉，但张曼玉的第一个反应是："语言是一个反射动作，我上海话又不好……"可惜张曼玉的这个反应，没有被侯孝贤真正重视。色彩既浓烈又压抑的长三寓所里，一大半的主演讲着别别扭扭的上海话，这匆忙习得的腔调，改变了他们自然的体态，使得整个影片更加压抑。梁朝伟讲上海话和说广东话，身体和语言的匹配程度是如此不同；最惨的是李嘉欣，她扮演的黄翠凤话多又锋利，但是她的上海话跟不上，声口拖累了动作，活生生把她辛辛苦苦练的吸水烟动作、小脚走路动作搞得很夸张。语言和身体不焊接，语言就变成大道具放在舌头上，这种情况也发生在《罗曼蒂克消亡史》（2016）中，本来准备构筑现实主义气氛的本土话反而变成了一种超现实。

面对这难堪的语言问题，纵然是老演员也无能为力。其实当年侯孝贤拍《悲情城市》，不会闽南语的梁朝伟被处理成哑巴，后来证明是多么漂亮的举措，不仅暗示了时代的暗哑气氛，也让梁朝伟过于细腻的表演有了身份说服力。《海上花》中，梁朝伟算是聪明，轮到上海话台词，他基本没什么身体动作，他用沪语对话娘姨，用粤语拥抱沈小红，老司机厉害是厉害，但毕竟很分裂。鲁迅说的"平淡而近自然"的《海上花列传》，多少被偷换了气质。

李安一定看过梁朝伟在《海上花》里的表演，《色·戒》（2007）里，李安把梁朝伟体位用足。

易先生

没有方言之累的《色·戒》，梁朝伟把易先生演得纤毫毕现。他首先是压抑，就像侯孝贤看中梁朝伟的压抑一样，李安首先也看到了梁朝伟的压抑。

王莲生是暗场压抑，易先生是明场压抑。一个天天搞刑讯逼供活在随时可能被暗杀阴影里的特务头子，易先生不仅压抑，而且变态。李安特意安排的三场床戏，把易先生的工作性质和工作强度交代得很清楚。不过，和女人上床不是梁朝伟的强项，虽说是为了表现扭曲，但易先生和王佳芝在床上两人都有点运动员的吃苦耐劳感，二十年前，梁朝伟和张国荣在《春光乍

遇见
MEET

泄》(1997)里的床戏倒更好一点。但李安选择梁朝伟还是对的，电影全球放映后，天南地北剖析出来的《色·戒》意涵，简直改写了张爱玲的原著。我花了两天时间搜看了一下对于电影《色·戒》的各种深度和深深度解读，一大半的解读都跟梁朝伟的表演有关。

有人解读，电影前后四桌麻将七个女人几乎都和易先生发生过关系，而且，她们彼此知情。比如，第一场戏，易先生进来的时候，编导特意安排了麻将桌比拼戒指，直接切题"戒"并暗示"佳芝"作为"戒指"的命运，在上海话里，"佳芝"和"戒指"同音。说到戒指，马太太立马含沙射影："我这只好吗？我还嫌它样子老了，过时了。"然后她匆忙瞥一眼易先生，一个反打，易先生也俯视着她。第二场麻将，易先生一直喂牌给王佳芝，王佳芝终于在易家客厅和了一次，同桌朱太太气不过，一把撸倒易先生的牌看个究竟，腔调类似牌桌捉奸，这样负气的动作，关系一般的女眷是不敢做的。然后呢，从易先生和女人的多线交织，继续推断易先生和当时局势里各条线上人的交会，他和重庆方面的关系，他和日伪政府的关系，他的秘书是不是有着更深的背景，是不是控制着他？

各种脑洞大开的解读一定让李安很得意，他自己也在各路采访中配合着暗示这个暗示那个。所以，到后来，读到易先生实

第三辑
THE THIRD EDITION

乃我党卧底的解读时,我也没什么惊讶,谁让梁朝伟的眼神那么立体呢? 他有三种眼神看易太太,也有三种眼神看张秘书,在这种气氛里,他对王佳芝说的每一句话,似乎都话里有话。 他对王佳芝说,"你不该这么美",这种台词本来可能只是台湾编剧王蕙玲的随手语法,但是经过热情观众的热情读解,这句话在梁朝伟电光火闪的眼神里,变成了他对王佳芝身份的充分掌握。

把张爱玲的《色·戒》变成这么复杂的《色·戒》,当然是李安的抱负,如此他意欲陈仓暗度的内容就有多重语义的掩护。几个学生一台仓促的戏,王佳芝因了演戏的欢愉走入更大的舞台,配角们也是虾兵蟹将,嚷嚷叫"再不杀青就要开学了",包括重庆方面吴先生的冷酷面相狰狞态度,学生们最后还跪在地上受刑,李安的目的其实很明确,这部电影当年能够在大陆公映,今天想想简直不可思议。 这个不提。 我们单纯从电影学角度看,各路人马至今未衰的对《色·戒》的解读,已经把这部电影变成一部教材之作:看看看,一个短篇可以改编得层级这么丰富,甚至比原著还牛逼! 这个,我有点不同意见。

从网上各种解读看,电影是比小说原著还丰富,梁朝伟的演技也明显进阶,在易先生的阴狠、虚弱和柔情之间,他的转换那么贴肉那么接榫,梁朝伟借此拿了多个最佳男演员,也是情理之中。 但是,复杂一定高于简单吗? 作为原著党,我觉得李安把

遇见
MEET

张爱玲的很多虚线变成实线，然后又为实线人物添加虚线感情，像易先生和王佳芝在日本人辖管的虹口区约会，王佳芝一曲《天涯歌女》催动易先生落泪，加上最后结尾，易先生一个人坐在王佳芝床上也滑落悄悄一滴泪，实在是太满了。过于饱满的情感表达，不适合上海故事，如同李安布局的《色·戒》上海，大大小小街区里的人，太杂乱，满地特务的年代，怎么可能如此车水马龙人挤人？还有就是，鸽子蛋，豪华了点。

易先生陪着王佳芝去试戒指，印度老板拿出戒指，电影院全场汹涌一片"哇"声，而因了这一声哇，原本有多重能指的戒指降维成霸道商品鸽子蛋。李安比易先生有钱，最后出场的鸽子蛋据说是剧组踏破铁鞋从卡地亚巴黎总公司找来的，可这款四十年代古董钻戒太轧场，压垮了王佳芝的承受力，也把易先生压回明星梁朝伟。他的深情款款，她的百转千回，一下子都成了鸽子蛋的广告，活生生把张爱玲原本同框的"色戒"给割裂了。

色戒同框，才是上海故事，就像《海上花》那样，金情一体。张爱玲写《色·戒》，三十年工夫在其中，虽然自称"爱就是不问值不值得"，但整部作品，色戒平衡，张爱玲一直非常警觉地在感情中保持嘲讽，在嘲讽中暗示感情。她用戒指来强调色也瓦解色，用色来指示有情也指示无情，最后出场的戒指，恰是王佳芝的一生，是她的婚礼也是葬礼，而张爱玲的态度一直是间离的,她同情王佳芝,但绝不为她流泪,她最后的一声"快走",既是苏醒也是麻木;但李安的电影表现太抒情,最后还让一个特别美好年轻的黄包车夫来接她离场,再加上易先生幕终的一滴泪,简直是《芙蓉女儿诔》。张爱玲小说中的留白和虚线,被填满加粗后,挤掉了原著的空气,李安抱负太多,他虽然打造了一个从影以来面部动作最复杂的梁朝伟,但是牺牲了原著的作者态度。就此而言,侯孝贤比李安更有自觉。拍《悲情城市》,所有的人都夸梁朝伟表现哑巴得力,但侯孝贤看了素材后,却说梁朝伟太精致,梁朝伟的多层次产生了不平衡,他希望尽力规避。

从这个角度看,李安的电影自觉不如侯孝贤,文学自觉不如张爱玲,为上海故事做感情加法,是绝大多数电影导演的做法,聪明如李安,也不能免俗。这方面,王家卫比李安聪明,他也做加法,但用减法的方式。来看《花样年华》(2000)。

周慕云

千禧年上映的这部《花样年华》不是以上海为背景,却比绝大多数的上海故事更有上海调性。跟前两部作品一样,《花样年华》也是名作改编,但王家卫只取了刘以鬯小说《对倒》的意。

遇见
MEET

　　六十年代，香港，有妇之夫周慕云和有夫之妇苏丽珍，同一天入住了一个以上海人上海话为主的小楼，这个双城记的参差设定和留白对照很漂亮。后面故事的展开也是用这种参差留白法。小楼公共空间局促，走道里彼此贴身而过，周慕云的妻子和苏丽珍的丈夫好上了，但是这两个人没有在电影中真正出场，周慕云和苏丽珍想不明白伴侣怎么会出轨，约了商量，几个回合，他们发现，在想象和演绎奸情的时候，他们自己已然对倒。

　　王家卫说，这部电影是要讲"上海人发生在香港的故事，而且是保留了老上海情调的香港"，这个说法，构成了电影总纲。上海故事用了香港背景，上海和香港互为对方的面子和里子，就像没有出场的周慕云妻子和苏丽珍丈夫，他们是被周慕云和苏丽珍隐喻的，四人局删到双拼戏，王家卫的减法取得了加法的效果，发生在香港的上海故事也比本土背景更具有冲击力，因为导演可以肆意地把上海元素都堆上去，小楼里的文化移民在小楼里集体怀个旧，这样的做法合乎情理；同样原理，周慕云和苏丽珍，他们两人演绎了对方的故事，掀开了自己的块垒，也催动了汹涌的未来，一场戏里包含了四对感情，讨巧又别致。

　　减法做成加法，也体现在周慕云和苏丽珍的短兵相接中。整部电影有床但没有床戏，两人之间有爱但不做爱。出租车里，周慕云的手滑向苏丽珍，她内心的挣扎体现在手里，终于还

第三辑
THE THIRD EDITION

是挣脱。花样年华里的时光恋人，装扮也是欲说还休你我对倒，张曼玉高领旗袍下摆开小衩，梁朝伟西装领带头发三七开，禁欲解释情欲，纠结暗示释放，他们之间一来一回，顶得住梁朝伟脉脉电眼的，是张曼玉；接得住张曼玉这仪式般日常风姿的，只有梁朝伟。

说起为什么选梁朝伟演男主，王家卫说："他跟我拍了五部戏，他每个电影里面的角色都不太一样，他可以做古代剑客，也可以是同性恋……很多香港演员很注意自己的形象，梁朝伟没有这方面的顾虑，他很有勇气……在香港很多演员现在差不多四十岁了，还在影片中饰演十多二十岁的角色，这种情况不会长久。有的观众感觉成熟就是老。梁朝伟基本上是一块海绵，他可以吸收很多东西，每一次他都会做一点不一样的东西让你惊喜一下。"

《花样年华》里的惊喜是什么呢？看了几次电影，我觉得是，梁朝伟落实了王家卫追求的那种"用物质表现感情"。粗糙地说，王家卫试图建构感情的物质表情包，梁朝伟帮他完成了一部分。《花样年华》中的"用物质表现感情"虽然离《海上花列传》中更激进的"感情物化"和"物化感情"还有很多距离，但是，以梁朝伟为主题的表情包毫无疑问创造了一种形式，后代导演至今还在模仿梁朝伟表情包。

遇见
MEET

电影中，苏丽珍这个人物设置是高度形式化的，无论是旗袍还是动作，都让她离地一尺。她拎着保温桶去买云吞，一路有 *Yumeji's Theme* 这华丽音乐陪护，因此，虽然苏丽珍一直跟各种家用器皿比如电饭煲、保温桶发生着关系，但她自己是没有烟火气的，她的人气是周慕云帮她夯实的。影片中，周慕云在前景，苏丽珍在后景时，气氛也更写实。周苏两人，是故事中两对夫妻里的实线人物，而周苏之间，周慕云又更是实线人物，他呼吸，他抽烟，他的激动和冲动，都更真实。周慕云和苏丽珍一起吃牛排，他拿刀叉的手势是个人化的，不像苏丽珍的刀叉动作是标准舞姿，而周慕云带点孩子气的提刀动作，使得他吃牛排的时候，有一种天真；他用打火机的动作，也有个人印记，因为刚刚直面了自己妻子和对方丈夫偷情的真相，他的大拇指屈指用力，打了两下才打出火。这些小动作，属于梁朝伟个人，他和物打交道时，在物品身上留下了灵韵，这些灵韵，就是王家卫的形式。作为全球小资偶像，很多人说王家卫"装"，他是"装"，不过他装出了装置，这是之前的小资导演没有完成过的。张曼玉负责实现"花样"，梁朝伟完成了"年华"，他们在一起，不用其他体位，就能创造欲仙欲死的情欲气氛，网上每次全球"骚"片票选，《花样年华》都能入围，不是没有道理。

在梁朝伟的手里，物品晕染了色情，它们都能开口说话，甚至，本质上，这是一部不动手不动脚的黄色电影，一部怀旧的黄片。 大提琴诉说欲望，好像人淡如水，其实人人自醉，突然响起的 *Quizas Quizas Quizas* 的前奏，配合着电话两头的周慕云和苏丽珍，两人都不说话，只有心跳心跳心跳。 这样准床戏的场景设置，带出的效果也跟床戏差不多，既愉悦又忧伤。 在这个意义上，王家卫的确是爱情符号大师，西洋画报千岛酱，黑胶唱片石阶路，他为爱情的发生制造了一系列的配对装置。 当然，其中最大的装置是张曼玉和梁朝伟，到最后，这两个人也几乎秉具了物性，当梁朝伟拿着电饭煲听周璇的《花样的年华》，歌声在他和几乎静止的张曼玉之间来回撕扯奔流，王家卫完成了他的爱情符号学。

王家卫的电影桥段于此达至峰巅。 后来，他还拍过一些不错的电影，比如《一代宗师》的上半部，可惜，一代宗师后来成了一代情师，梁朝伟最终拿着个纽扣跟章子怡推来推去，实在太清纯。 就像《花样年华》的结尾，也是情感泛出来，坏了前面永远不乱的旗袍和发型。 不如侯孝贤《海上花》最后一个镜头，境况凄惨的沈小红在没有娘姨的居所，一个人不声不响接待老客，无声胜有声，虽然这一笔也有点重。

毕竟说到底，上海故事里的男女，用不着把感情说出口，上海话里，也没有"爱"这个词。 这个城市的爱情，本来就建筑在

遇见
MEET

物品之上，每一件物品，也都在很久很久以前，被爱过。就像沈小红屋子的东西，都是王莲生的钱买的，就像周慕云苏丽珍摸过的每一样东西，都是他们爱情的弹幕。这个，李安不懂，在上海，祭出那么大的没有人摸过的鸽子蛋，用《繁花》的说法，让梁朝伟多少"尴尬"，其中道理，一百多年前的上海人都懂，犹如沈小红心里明白，王莲生为张惠贞一口气花的大笔钱，不是爱。

这是爱情的符号学，它大于纽扣，但小于鸽子蛋。

你兜里有枪,还是见到我乐坏了

惠斯特的身体

银幕上,女问男:"你多高?"男毕恭毕敬:"六英尺七英寸。"女看也不看男:"那么,让我们忘了那六英尺,来聊聊那七英寸吧。"

漫不经心地说着这些性词的女人,就是梅·惠斯特(Mae

遇见
MEET

West）。 四十岁，女明星都开始转型，扮起母亲或者祖母，但惠斯特不。 四十岁，她摇摆着胖大海似的身体，演完第一部电影，就成了好莱坞的头号性感偶像。 四十岁，惠斯特说的三围是 36－26－36，但是她的服装设计师海德（Edith Head）的记录是 38－24－38；六十三岁时，惠斯特说数字是 39－27－39，而在内衣店里，服务员会告诉你，惠斯特小姐用"43"。 因此，二战期间，太平洋上的海军陆军飞行员们，把他们的充气式救生衣形象地叫作"梅·惠斯特"，这个称呼，沿用至今。

不过话说回来，"性感偶像"这个词真是不适合她。 一来，她的身体如此浩荡，"性感"两字过于轻浮；二来，她的头脑过于智慧，"偶像"两字过于单薄。 事实上，我们的历史上还不曾出现过这样的人类，我们的词汇也还没有准备好迎接如此庞大的尤物。 这个世界因为她的出现，有过短暂的休克，然后是狂热的，狂热的掌声。

女人给她掌声，因为她在银幕上百般调戏男人；男人给她掌声，因为被她调戏得这么销魂："你兜里有枪，还是见到我乐坏了？"因此，好莱坞当年的广告词是，"想做硬汉，看惠斯特！" 纽约伯克林出身的她，像她的职业拳击手父亲那样，从来不知道什么叫害羞。 她五岁登台表演歌舞，天生风情澎湃，到十四岁，就成了远近闻名的"小荡妇"。 而不久，她更是自己写起了剧本，1926 年，因为剧本《性》获罪被捕，不过，在监狱里待了十天出来，她灵感泉涌，把一部《性》修改得活色生香。有意思的是，她的那些在银幕上被禁的台词，在百老汇舞台上却畅通无阻。

梅·惠斯特，金色长发，葡萄酒嗓音，大果冻似的身体，卧室窗帘后的眼神，作风之大胆，言行之骇俗，直接煽动了当时的前卫艺术。萨尔瓦多·达利（Salvador Dali）有一幅作品，以一张硕大的女人脸来表现房间内景，此画就叫《梅·惠斯特的面容》(*The Visage of Mae West*)。

在这张画里，居中心位置的是，惠斯特的鼻子表现的壁炉，和惠斯特的嘴唇表现的沙发。这张沙发，后来一度帮助达利渡过了经济危机。1936 年，达利在伦敦参加国际超现实主义画展，因为资金问题，他和怪癖的诗人兼收藏家爱德华·詹姆斯（Edward James）签下了一书协议，后者付他一年薪水，前者出售一年成果。惠斯特红唇沙发就是在詹姆斯的别业制造的，詹姆斯决定了沙发的颜色和质地，这件二十世纪最有魅惑力的家具因此是俩人共同署名的。惠斯特红唇沙发一共做了五件，前一段时间，克里斯蒂拍卖行以六万多英镑的价格，卖出了一张红唇。

惠斯特红唇沙发一米高、两米长，但是惠斯特本人却觉得达

遇见
MEET

利的手笔还是太小："小达利算什么超现实！"说得没错，在表现惠斯特的时候，这个超现实画家算是回到了写实路子上。 张爱玲的小说《红玫瑰与白玫瑰》里，娇蕊对振保说："我的心是一所公寓房子。"惠斯特的心，那是摩天大楼，她常常地感慨：少的是时间，多的是男人。

算起来，惠斯特当年扰乱的人员之广，人心之众，影史上罕有匹敌。 最著名的一个例子是，1955年，世界上最著名的预言家J.K.克里斯威尔（Jeron King Criswell）断言：梅·惠斯特将赢得1960年的总统大选；然后，1965年，惠斯特将和预言家本人以及里伯雷斯（Liberace）一起，飞到月球。 这个如今听来荒诞的预言在当时受到信奉，因为克里斯威尔预言的准确度高达百分之八十七。 他预测了肯尼迪之死，预测了卡斯特罗遭暗杀，但他无法预测惠斯特。

可惜的是，时隔经年，在解释惠斯特无与伦比的魅力时，谈论最多的总是她无与伦比的身体，好色人间忘了她曾经是电影史上最好的剧作家，她主演的影片多半出自她自己的手笔。

惠斯特发现格兰特

1932年，惠斯特出演了她的第一部影片《夜以继夜》

第三辑
THE THIRD EDITION

（*Night After Night*，1932），影片原是为乔治·拉夫特（George Raft）量身定做的，惠斯特只是个配角，但是她一出场，乔治就绝望了，"她把所有的东西都偷走了，除了摄影机"。不过，绝望归绝望，乔治自己在惠斯特的肉身里泥足深陷。1978年，八十五岁的惠斯特出演了最后一部电影《六重奏》（*Sextette*），八十三岁的拉夫特也慨然出镜，时光流逝四十六年，这个有黑社会背景的男演员依然深情款款，"为她最初一部影片配戏，为她最后一部影片配戏，我是有始有终了"。两年以后，惠斯特死于好莱坞，隔了两天，拉夫特也挥别人间。

似乎是，惠斯特身上有一种魔力，轻松而永恒地把周围的男男女女变成了身边的行星。而她自己，踏着从容的小步子，女皇一样。喜剧天才柯蒂斯（Tony Curtis）说，惠斯特的经典步伐源于她的舞台经历，当年，百老汇为了增加她的"巍峨感"，在她的鞋底下又特制了一个六英寸的鞋跟，所以，她步履隆重，基本上是一步一英尺。

一步一英尺的惠斯特，第一次站在镜头前，就是那样松弛，她边演边删改台词。影片中有一幕，衣帽间的女生看到她的首饰，艳羡不已，说："上帝，多漂亮的钻石！"惠斯特整整衣衫，懒洋洋地回答："宝贝儿，上帝和钻石一点关系都没有。"对此，派拉蒙也很快做出了明智的回答："从此以后，惠斯特小姐将获

遇见
MEET

得派拉蒙的钻石待遇,惠斯特小姐有权随意修改她自己的台词。"

1933 年,惠斯特的第二部影片上映,《侬本多情》(*She Done Him Wrong*)改编自她本人的百老汇剧本《小钻石》(当然,删去的都是些"硬得起来"的台词),影片成了派拉蒙的大恩人,电影公司借此免于被米高梅吞并。 但是,对电影观众而言,这部获奥斯卡最佳影片提名的电影,它最大的功劳在于,惠斯特找到了加利·格兰特(Cary Grant)。

惠斯特碰上格兰特,在电影史上堪称奇遇。 男不完全是男,女不完全是女,各自走在通往巅峰的路上。 俩人的相遇有很多传说,但有一点是相同的,那就是,是惠斯特看中格兰特,她走到他身边,只说了一句话,格兰特就跟着她踏入了《侬本多情》的摄影棚。 好莱坞最俊美的男人仰望着最放荡的女人:"亲爱的,让我成为你的奴隶吧!"惠斯特回答:"行啊,我安排一下。"这样低声下气的台词,格兰特没有对第二个女人说过。 他看着惠斯特,带着一丝丝尴尬和一丝丝激动,后来,这个眼神成了他的经典演技,在《捉贼记》(*To Catch a Thief*)里,他也用这种眼神注视希区柯克最喜欢的演员葛瑞丝·凯莉(Grace Kelly)。

说回《侬本多情》,这部影片的情节其实简单到粗糙,但是,就像雷蒙·钱德勒(Raymond Chandler),好莱坞最好的剧作家都不屑于讲滴水不漏的故事，他们经营的是气氛，是台词。影片中，惠斯特掌管着一家夜总会，格兰特带着宗教使命，老想来拯救她的灵魂。在一次意外中，惠斯特杀了一个罪犯，而格兰特突然现身，自报家门乃是便衣警察，并且逮捕了她。

影片开始的时候，格兰特迟迟没有屈服于惠斯特的魅力，惠斯特心里有落差，但是不着急。在男人身上，她从来没有失过手。她笃悠悠笃悠悠，走过格兰特身边，随口丢出一句："有空上来，来看看我，我给你算命。"那么赤裸裸的，惠斯特摆明了要猎走年轻貌美的格兰特。二十九岁的格兰特，处女一样无瑕；四十岁的惠斯特，教父一样霸道，力量是这么悬殊，胜负早已分晓。所以，当格兰特突然以警察身份出现，电影的超现实感就凝聚起来了。当然，格兰特不可能真的逮捕她，他带她上了另一辆马车，然后把她左手手指上的钻石珠宝全部打扫掉，用一枚订婚戒指套住了她。呵呵，想想怎么可能，惠斯特以后会乖乖地做一个美丽警察的守法妻子？但是，看着他们双双离去，真是叫人觉得妙不可言。

同年，惠斯特和格兰特合演的第二部影片《我不是天使》(*I'm No Angel*) 也上映了。这部影片大受欢迎的程度有一个很重要的标志：《海斯法典》专门针对惠斯特做了修正。天主教徒们实在受不了了，一个女人怎么可以如此不顾廉耻地呼喊："我

遇见
MEET

要硬！汉！"教徒们蒙住眼睛捂住耳朵，然后从指缝里偷看这个女人，天哪！她都说了些什么？"十个男人等着我？打发一个回家，我累了。"

"阳痿"

今天，惠斯特的那些火烧火燎的台词已经人间流布，好莱坞的编剧们叹息，写到"坏女人"，就摆脱不了惠斯特。而且每次，越是想逃离她，越是离她近。情形就像当年，惠斯特的电影"深深地伤害了某些人"，他们不能容忍一个女人这样肆无忌惮，这样一针见血地揭男人的短，说什么"男人总是对有'过去'的女人感兴趣，因为他们希望历史会重演"，而且，她一边说，一边还抽烟。

据当时的《名人追踪》报道，白宫的一个大官，特别不能忍受惠斯特，有一次开会，居然歇斯底里地说，你们有谁，帮我把惠斯特这个女人的烟给掐了？自然，大官的手下马上去执行了。只是，电影法规没有禁止女人抽烟，这样他们只好强烈建议演员不要像惠斯特那样抽烟。为此，行动小组还专门统计了，到底惠斯特在银幕上抽了几支烟，抽烟的姿势到底如何撩人了。他们发现，《侬本多情》中，影片放映到二十分钟的时候，

第三辑
THE THIRD EDITION

惠斯特点了一根烟，吸了两口，不是吸到肺里的那种，吸完，马上吐出烟雾。 过了一刻钟，好像惠斯特又要抽烟了，且慢，她只是把烟拿在手里玩了一会。 隔了五分钟，她自己点烟，但是镜头切换了。 几秒钟后，我们看到，烟在她的手里，她拨动着香烟，仿佛拨动着，"说不出口是吧！"。 惠斯特对着这群最认真最忠实的观众，说，"其实我不抽烟也行"，然后她拿起身边一个年轻女人的手，吸了一口。

事情的结果是，行动小组的成员，暗地里都沦为惠斯特影迷，而他们煞费苦心罗列出来的"惠斯特罪恶的吸烟姿势"，最后成了教材，派拉蒙、米高梅们都在训练他们的女演员像惠斯特那样，"抽烟要像做爱"。

一直想得到惠斯特的米高梅老板，是她的影迷，他感叹，这个梅·惠斯特，教坏了整整三代美国女人。 女郎们都不想纯情了，她们学会说："从前我一直是白雪公主，现在我改主意了。"或者是，"好女孩上天堂，坏女孩去其他地方。"整个三十年代，但有水井处，必有惠斯特。 人们背诵惠斯特语录，实践惠斯特生活，借此度过了大萧条，度过了没有酒的日日夜夜。

到 1935 年，惠斯特已经是好莱坞薪酬最高的明星，但是，她的写剧生涯也越来越受到电影法规的制约。 当年，她耸耸浑圆的肩膀，吐个浑圆的烟圈，说："审查制度好，它让我发财。"

遇见
MEET

可是发完财，她发现笔端不冒气泡了。之后的几部影片，像《进城》(*Goin'to Town*，1935)，《年轻人，上西部》(*Go West, Young Man*，1936)，《天天过节》(*Every Day's a Holiday*，1937)等，虽然依然是妙趣横生，但是"短了那话儿"，让她的主人公说白雪公主的台词，她感觉自己"阳痿"了。

四十年代，她和菲尔茨(W.C.Fields)联手，影迷们欣喜地等待这个梦幻组合的结晶，但是，《我的小山雀》(*My Little Chickadee*，1940)也好，《热着》(*The Heat's On*，1943)也好，都失败了。百无聊赖，惠斯特告别银幕，回到了舞台回到了夜总会，她有把握，在那些地方，她连失败的机会都不会有。后来，当电影法规松动的时候，她又回到了好莱坞。可那已经是七十年代了，七十年代的银幕，已经吸上毒了。她最后的两部影片都不成功，而且，她明显地迟钝了。她自己叹口气，不举的日子终于来了，她说她可以死了。

让人伤感的是，惠斯特肉身的死，在好莱坞并没有引起多大的震动，虽然这个电影王国，甚至整个世界电影的神经，都因为她的台词获得过空前的松弛。她单枪匹马地扫荡三十年代的清教徒气氛，她是银幕上第一个旗帜鲜明提倡快乐性爱的女人。她把人们至今还藏藏掖掖的男女关系，男男关系，女女关系，男男女关系，女女男关系，全部抖搂出来。

第三辑
THE THIRD EDITION

多么伤感啊，这个在全盛时期风头堪比梦露的女人，今天的观众不再认识她。这个三十年代家喻户晓的明星，如今连个固定的中文译名都没有。当年，她和好莱坞发生冲突，退让的总是制片厂，她慢条斯理地问老板："那听你的？"受宠似的，老板连忙回答："听你的听你的。"

多么伤感啊，再也听不到她在银幕上，诚实、放荡又智慧地告诫世人：你只能活一次，如果干好了，一次也就够了。

遇见
MEET

金焰的脸蛋

  金焰的脸蛋是三十年代中国电影的伤口和高潮。他无疑属于美人，发型闪亮，眉毛婉转，少女般的目光加上柔软的唇褶，白皙的面庞是如此完美而虚假，暗示了这张脸的主题是混乱的。

  在《三个摩登女性》(1932)中，金焰扮演的大学生张榆因不满家庭包办婚姻，从东北来到上海，投身影坛后立即成名，还恋慕上了一个颓靡热烈的南国女郎虞玉（黎灼灼饰）。"九一八"以后，他的未婚妻周淑贞（阮玲玉饰）也流亡到上海，在电话局当了接线员。 同时，一位崇拜他的影迷（陈燕燕饰）也找上门来，向他倾吐刻骨的爱慕。 三十年代上海影坛最美丽的三个女影星辉映在他的身边，没有彰显他的男性气质，反而古怪地同化了他。 这部著名的左翼电影试图讲述的故事是：最后，张榆在周淑贞的帮助下，终于真切地了解到下层社会的生活，抛弃了歌舞摇摆的人群，和底层人民一起并肩走向了罢工斗争，并且在运动中意识到了革命的周淑贞才是真正的"摩登女性"。 但是，在这个反好莱坞模式的"三女一男"的电影故事里，左翼话语都是由其中最美丽的女性——阮玲玉——来宣布的，虽然卜万苍（该片的导演）让阮玲玉在影片里穿上了最简朴的衣服，但是一代名伶绝世的风情不是硬生生加上去的"救国""抗日"这些字幕可以篡夺的。 或者说，卜万苍并没有真的坚决到要牺牲阮玲玉的美丽，她的脸和发型都是被精心打造过的。 她画眉入时，眼波流转，体态袅娜，和她周围的电话接线员们迥然不同。 只不过，她脱下的摩登衣裳和脆弱缠绵的个性被导演拿给金焰穿上了。 所以，虽然解说词激动地宣告了周淑贞和张榆汇入了革命洪流，但是很多观众一遍遍地上影院去看这部影片绝不是为了去听阮玲玉发布左翼消息，或者看金焰如何告别红灯绿酒，革命的话语徒然地从银幕上蒸发了，他们很可能是为了金焰的脸蛋，或者阮玲玉的身体一次次回到黑暗中来的。

遇见
MEET

　　问题是，为什么金焰需要被塑造得如此光鲜可人？是什么东西迫使他去购买女影星的生产资料，她的装扮和性情？一个简单的回答是，对于广大的电影观众（他们不太可能来自底层）来说，这样的形象乃是男性演员不被其他男演员淹没的唯一途径，或者说，这是他们从电影中现身的必要手段，其获得能见度的保证。因为，对三四十年代的电影观众而言，只有富女性气质的男性形象才是可见的，街道上走着的那些强壮健硕或胡子拉碴的男人是看不见的，无影踪的。

　　以后，金焰的脸蛋遂以一种简便的方式成了男影星的打磨指南，他的脸蛋成了符号，经济地把脆弱，多情，热烈，进步，堕落，易受诱惑也易改正等等混乱的特征古怪地结合起来，而那些没有他那样脸蛋的人，则成了芸芸众生，成为或者受煎熬，沉沦，或者声名狼藉的配角。比如，赵丹在《马路天使》中一亮相，我们就知道他是这部影片的主人公，因为他有着金焰的脸蛋，而魏鹤龄、冯志成这些相貌不够女性化的男演员纵然有好演技，也只能淹没在汪洋的人群中。所以，很多左翼电影隐含的一个没有被说破的电影效果是："不，它们与政治无关，它们关乎脸蛋。"而正是在这个语境里，问题第一次被转回到男人自己身上来了，"男性"的问题，以及伴随而来的男人女性化问题。《桃李劫》《三个摩登女性》和《马路天使》等电影都显示了男影星对"男性气概"的逃避或躲避,以这种悖论的方式,他们得以浮出电影的地平线,被观众指认为"男影星"。

1934年,金焰在《体育皇后》中"春光乍泄"般的身影就更有意味了。他不是《体育皇后》的主演,连配角也算不上,他在影片中前后出现的时间加起来大概也就一分钟,但所有的观众都不会忘记他在影片中转瞬即逝的脸。《体育皇后》是黎莉莉主演的一部体育片,最后的高潮戏是黎莉莉代表上海队去参加盛大的远东运动会预选赛。金焰是运动场上那个鸣枪的发号施令者。该片的摄影师裘逸苇处理影片的画面时采用的多是平视镜头,但是金焰一出现,镜头立即朝上仰拍。画面被处理得很干净,只有天空和金焰的身体和脸,他举着枪,俊美犹如被谪天使,青春美好晃动人心。每次镜头时间都只有几秒钟,但是,前前后后,金焰的这个举枪鸣枪的动作被导演定格了四次,他的脸被特写后显得熠熠生辉,清新迷人,等到男主人公张翼的脸再度出现时,观众就觉得张翼的脸显出微微的寒碜气来了。

《体育皇后》是一部无声片,影片的字幕是很节俭的,所以摄影机的特写和定格等等就相当于影片的台词。导演要通过金焰的脸蛋说明什么呢?他反复地表现金焰的脸,是要重复强调什么信息还是别有所图?自然,作为当时最炙手可热的电影明星,金焰在影片中的客串镜头是应该得到特别提示的,但是为什

遇见
MEET

么要把他塑造得如此超凡呢？ 为什么他一出现，画面就要被处理得如此干净，他的身边不可以有一个人？

金焰的履历没什么特别。 他原名金德麟，朝鲜人，生于汉城。 父亲因参加朝鲜民族独立运动而受到通缉，于1912年举家迁至中国，定居通化并加入了中国国籍。 父亲病故后，金焰在上海、天津等地度过了清寒的学生时代后，1922年加入上海民新影片公司当学员、场记，并加入了南国艺术剧社。 1929年，金焰在万籁天编导的《热血男儿》一片中担当一个配角，开始了银幕生涯。 1930年，他和阮玲玉一起主演了孙瑜的《野草闲花》，从此成名，而孙瑜在影片中为他定造的那张脸和表情日后则成了他的商标。 到1932年，上海的一家电影报纸《电声》为招徕读者，扩大影响，发起了评选"电影皇帝"的活动，金焰更成了中国的首位"电影皇帝"。 这以后，"金焰的脸"就成了神话。 在三十年代，他一共主演了二十部影片，包括《恋爱与义务》（1931）、《三个摩登女性》（1932）和《城市之夜》（1933）等。他的脸永远是影片的主要内容，即使和他演对手戏的是阮玲玉，她的美无法遮盖他的美，金焰的脸如同影片的情节一样重要。

后来，似乎是出于改变形象的考虑，金焰也出演了一些非常底层的人物，他在《大路》（1934）里扮演筑路工人金哥，在《浪淘沙》（1936）里扮演失手杀人的水手阿龙，在《壮志凌云》

第三辑
THE THIRD EDITION

（1936）里扮演青年农民顺儿。但是，不管他穿着多么破烂的衣服，不管他的身份是多么卑下，金焰的脸始终没有败坏。吴永刚也好，孙瑜也好，他们都喜欢用特写来表现金焰漂亮的脸。于是，金焰的脸就具有了改写情节的力量，他甚至篡夺导演的意志，让摄影机莫名其妙地对着他的脸定格，定格，定格。因此不管金焰扮演的是什么，他总是被摄影机泄露出："这就是金焰！"所以，这也解释了为什么在《体育皇后》中，当金焰出现的时候，摄影师需要剔除全部的背景，让他的形象占满银幕，然后他上帝般举起枪，说："我是金焰，我不扮演谁。"因为金焰的脸就像"嘉宝的脸蛋"，具有迷药一般的魅力，这张脸本身比电影要表现的东西更能擒获观众，更重要。

张英进在他的《三部无声片中上海现代女性的构形》一文中曾经提出"在三十年代中国电影话语的想象中，上海被展现为一座男性化的城市，仅有极少的几处暂时为女性或女性化的感知留下了地盘"。但是如果我们从银幕意象和画面效果，而不是电影所试图传达的意识形态进行仔细考察的话，张英进的结论是值得斟酌的。当女性受到早期电影文化工业的层层盘剥时，男演员所受的文化剥削其实是双重的，这也可以部分地解释早期中国男影星稀少的原因。那些男影星的塑造，事实上严密地受控于电影市场和潮流，左翼话语虽然无所不及，但话语根本无力掩饰阮

遇见
MEET

玲玉媚人的表情，和金焰女性化的脸蛋。等到金焰的脸逐渐被产业化后，未来的男影星就被迫去采购他的眉毛，他的衣服，他的眼神和爱情；同时，男影星的女性化以"公开的秘密"的方式被保存在电影的制作、流通和广告中。那些男性演员在成为演员前就已经在扮演金焰了，然后带着这一加工过程中所创造的女性化价值步入影坛，等待被消费。男影星贩卖他的女性气质以获得观众，但同时他们也把自己永远地推入了一个两难的境地：金焰的脸是伤口，还是胜利？

第三辑
THE THIRD EDITION

伯格曼与乌曼：看看我，了解我，原谅我

一九六五年夏天，法罗岛。

英格玛·伯格曼（Ingmar Bergman），四十七岁；丽芙·乌曼（Liv Ullmann），二十七岁。他们在岛上拍摄《假面》(*Persona*)，公认的伯格曼的最神秘电影。

天很热。他们很少说话。白天，丽芙躺在沙滩上，像失去知觉似的躺着。她从来不想他们的将来。她是个已婚女人，丈夫是个精神病医生。他则结过四次婚，有七个子女。从一开

遇见
MEET

始,《假面》的另一个女主角,比比·安德森(Bibi Andersson),就试图告诉丽芙:远离这个男人。十年前的夏天,她和丽芙一样,曾经堕入伯格曼的情网。

在影片中,比比扮演一个叫艾尔玛的护士,丽芙扮演一个著名的女演员,芳名伊丽莎白。伊丽莎白患了失语症,医生建议由护士艾尔玛陪她去海边休养。影片中,艾尔玛说着所有的台词,伊丽莎白则一言不发。渐渐地,艾尔玛依恋上了伊丽莎白,她开始向伊丽莎白讲述自己的隐秘生活,性和恋情。但是不久,艾尔玛发现伊丽莎白在写给医生的信里用高傲的语气谈论"艾尔玛个案"。她们的关系即刻紧张起来,艾尔玛开始歇斯底里并粗暴地要求伊丽莎白说话,把沸水泼在她身上让她说话。最后,伊丽莎白说话了,只有一个词:"Nothing。"同时,艾尔玛做了一个长长的梦,她梦见自己其实和伊丽莎白是同一个人。

丽芙·乌曼

艾尔玛和伊丽莎白是同一个人。我和比比是同一个人。伯格曼第一次看到我的照片时,也以为是比比·安德森。为了我们惊人的相似,他邀请我们一起进了《假面》的剧组。《假面》完成以后,很多人说那是关于"两张面孔",或者说"一张面孔"

的电影，伯格曼很喜欢特写我和比比的脸，有时候，我看着银幕上的比比，就像看着自己一样。然而，就像自己无法说服自己一样，比比无法让我离开伯格曼。

躺在法罗岛的太阳里，我觉得那是我一生中唯一的一个夏天。我和伯格曼沿着海岸线散漫长的步，但不说一句话。我们看海，几小时几小时地看，把彼此看成了海水，还是不说一句话。我是在做梦，如果说话梦会醒的。伯格曼为我拍了很多照片，大家都说我看上去很美，但梦游似的。

英格玛·伯格曼

丽芙是挪威人，出生于二战前夕的日本，父亲和祖父先后在战争中死去，她的童年因此蒙受了巨大的恐惧和悲伤，也养成了她在封闭的浴室里寻求安宁的习惯。在法罗岛上时，有一次我把她激怒了，她就把自己锁在浴室里，无论如何也不愿出来。从门洞里，我看到她悲伤地坐在里面，又成了二十多年前那个需要保护不爱说话的孩子。

遇见
MEET

丽芙·乌曼

法罗岛在俄国和瑞典之间，我从来没有见过如此荒凉的地方，它就像石器时代的遗迹。晚上，我们可以在床上看见大海，房子孤零零的，我们孤零零的，我只有伯格曼，他只有乌曼。有时候他睡不着，我就一动不动一声不响地躺在他身边，担心自己会游离他和他所挚爱的寂静，担心自己不是他思绪的一部分。我的安全感来源于这种梦一样的寂静。只有那样，他才是我的。

还属于我的是我从老家带来的狗帕特。她曾经是我从前丈夫最亲爱的伙伴，每天，他从医院下班回来，她就用沸腾的激情和他缠绕在一起。后来，我把她带到了法罗岛，一开始，她就和伯格曼势如水火，看见伯格曼拉我的手就咆哮。所以我和伯格曼只有偷着接吻，偷着亲热。但是不久可怜的帕特就放弃了，她洞察了她女主人的命运在这个男人手里。她便和他与时俱进地亲热起来。五年以后，我和伯格曼分手，我带走了我们的女儿琳，伯格曼留下了帕特。他们一起站在屋门口和我们道别。帕特低着头，为自己的又一次背叛而感到羞耻。

第三辑
THE THIRD EDITION

英格玛·伯格曼

我们从来没有在法律上结过婚,但我在远离尘埃的法罗岛上造那座房子,是打算和丽芙永远厮守的。其时,我甚至忘了问丽芙愿不愿意,我后来也没有问过她。1977年,丽芙出版她的自传《变》(*Changing*),我才了解了一些她当时的想法。当年,她应特鲁尔(Jan Troell)之邀去主演《移民》(*The Emigrants*),从此再没有回来。

那一天到来的时候,我们俩谁也没有去说破它,大家都假装丽芙不过到挪威旅行一趟。她收拾了自己的衣服,但没有收拾琳的衣服,那样做太明显,太像分手了。然后,她离开了法罗岛。

丽芙·乌曼

我们一起在岛上生活了五年。逐渐地,我发现伯格曼任性又自负,他也容易害怕,他年纪大了,他的头发稀疏了,不过,所有这些都不能减弱我对他的尊敬。我知道这就是爱情。

然而有一天,望着他的背影,我突然泣不成声。我们分手在即，预兆已经降临。 圣诞节，我误把烟熏火腿当新鲜肉买回来，烤了一个小时后，端上餐桌，可以想象那道菜是如何令人悲伤。 稍晚的时候，我又拿出买回来的蜡烛点上，伯格曼一见蜡烛便脸色煞白，那是葬礼蜡烛。

伯格曼需要一个更从容和更包容的女人。 我们分手后不久，我又应邀出演他的《喊叫与耳语》(*Cries and Whispers*, 1972)，在摄制组，伯格曼很快便和另一个女演员英格莉·冯·罗森 (Ingrid von Rosen) 堕入爱河。 英格莉成了伯格曼的第五任妻子。 我的女儿琳很喜欢英格莉，她喜欢去法罗岛和伯格曼、英格莉一起过暑假。 感谢英格莉，她没有扔掉我在法罗岛时所买的东西，书桌还在老地方，窗帘还在，橱碗都在，我过去的岁月还在那里。 但是琳说："你和伯格曼坐过的凳子已经让无数屁股坐过了。"

英格玛·伯格曼

我做过一个梦，梦见我和丽芙的生活将永远痛苦地缠绕在一起。 那是我在法罗岛上的梦，当时我们彼此为对方神魂颠倒。三十多年以后，丽芙来看我，晚上我送她回去。 沿着斯德哥尔摩寂静的道路，我们走了很久。 那年丽芙六十二岁，我八十二岁，死亡随时会来，人世也早无可留恋。我独身一人，结过几次婚，耗去不少钱，子女好几个，多半都不熟，有些甚至完全不认识。作为一个人，我是彻底失败的。

不过，沿着斯德哥尔摩的大道，我八十岁的身体变得前所未有地充满渴望。

丽芙·乌曼

那一刻，我的人生蒙太奇般过了一遍。妈妈说，我在东京的一家小医院出生，当时有一只小老鼠穿过病房，她觉得那是个好兆头；同时，护士弯下腰，很抱歉地跟她私语："恐怕是个女孩。能不能麻烦您自己通知您的丈夫？"

在一棵云杉树下，我和我的第一个丈夫浑身沾满了青苔、树叶，我们欢笑，幸福，欢笑，幸福。我们跑去买戒指，因为不好意思，我们跟售货小姐说那是帮别人买的。终于因为伯格曼离婚了，说完再见，他头也不回地走了。我却不停地回头，不停地回……

伯格曼伯格曼伯格曼，伯格曼的眼睛，他的鞋子，他的工作室，我们的孩子琳，他的睡眠，他对着大海叫……

我去美国，在好莱坞拍片，在百老汇演戏，伯格曼带着英格

遇见
MEET

莉来看我演出……

英格玛·伯格曼

丽芙离开法罗岛后,斯堪的纳维亚半岛上有一半的记者在问:他们怎么了? 当事人一声不吭,报界只好几十年如一日地从我们继续合作的片子里寻仇觅恨:1972年的《喊叫与耳语》,1973年的《婚姻场景》(*Scenes from a Marriage*),1976年的《面对面》(*Face to Face*),1978年的《秋天奏鸣曲》(*Autumn Sonata*),直到最近由乌曼导演的《背弃》(*Faithless*,2000)。

我不知道我们合作的电影里藏有多少过去,但我承认,乌曼一直是我最喜欢的演员。 她身体的每一个部位都充满情感,洋溢着凄楚又平常的人世感。《狼的时刻》(*The Hour of the Wolf*,1968)一开始,乌曼的脸呈现在银幕上,观众就在她的眼神中安静下来,准备接受这部电影接受我。 她单纯的面孔直接向观众倾诉悲欢,她单纯地感受着生活,在餐桌上跟艺术家丈夫计算家庭收支,嫉妒丈夫和情妇的缠绵往事,关心他晚上的噩梦……评论界经常责骂我的电影冷涩难懂,但没有人骂乌曼迷离,她是人世里的女人,是妻子,是母亲。 即使她歇斯底里地呼叫,观众还是喜欢她。

乌曼让我想起维克多·修斯卓姆（Victor Sjostrom）。修斯卓姆是《野草莓》(*Wild Strawberries*，1957）的主人公，每次在银幕上看到他的眼睛，他的嘴，他稀少的头发，皱纹覆盖的额头，以及听到他迟疑的声音，我就感到深深的震撼。《野草莓》因此不再是伯格曼的电影，它是修斯卓姆的电影。他是一个使别人黯然失色的人。乌曼也是。

丽芙·乌曼

伯格曼却是迷离的。跟他电影里的男主人公一样，他一直游离在现实与梦境，谎言与真实之间，而在他所有的电影里，他都能游刃有余地穿梭在不同的时空。其实，他从小就是一个谎言专家和幻想家。七岁时候，他就跟他的同学说，他父母已经把他卖给了舒曼的马戏团，不久他就要去和世界上最美丽的女人会合，一起浪迹天涯了。他和他父母的关系极其冷漠，他确信当初他们不想要他，因此他不断地提到："我来自冷冰冰的子宫。"

但事实是，他整整一生都在寻求他的父母寻求爱，他的电影可以用同一个动作和意念来概括，那就是：寻求。从《夏夜的微笑》(*Smiles of a Summer Night*，1955）到《秋天奏鸣曲》，从《野草莓》到《芬妮与亚历山大》(*Fanny and Alexander*, 1980), 这种寻求的正面表达方式是:《野草莓》结尾, 莎拉挽起伊沙克的手, 领他走到一片阳光灿烂的林间空地; 尘世的对岸, 他的父母正向他亲切地招手。情景就像我在《秋天奏鸣曲》里, 向演我母亲的英格丽·褒曼(Ingrid Bergman)所吁告的那样: 看看我, 了解我, 可能的话, 原谅我吧!

而这种寻求的黑暗表达方式是:《羞耻》(*Shame*, 1968) 中, 夫妇俩在战火中划船逃亡, 河上漂流着很多死尸, 他们心中也死了很多事情, 女人问: "以后我们不能再说话了吗?" 而在《傀儡生命》(*From the Life of the Marionettes*, 1980) 中, 彼得做梦梦见妻子被谋杀, 但他只是茫茫然说了句: "镜子破了, 破片映照出什么?"

英格玛·伯格曼

很多人问我, 为什么要让乌曼执导我的剧本《背弃》? 简单地说, 因为她是乌曼吧, 一个我认识了四十年的女人。而《背弃》来源于我本人的生活经历, 它充满激情, 几乎是一种战栗。乌曼见过这种激情, 她熟悉那种战栗。

《背弃》的背景是法罗岛, 主人公是我。故事是这样的: 伯

第三辑
THE THIRD EDITION

格曼正酝酿一个剧本，关于他从前的一次背弃行为：为了一个女人，他抛弃了一个怀着他孩子的女人。恍惚中，女主人公玛丽安娜出现在他的书桌边上了。玛丽安娜是个成功的舞台剧演员，一个极其丰艳的四十岁女人。影片于是转换到了玛丽安娜的背叛故事：一次销魂的婚外恋所导致的代价。

我喜欢乌曼的《背弃》。听说报刊上可笑地称它为"伯格曼宝刀未老之作"，记者采访丽芙，问她难过吗，被伯格曼冠了名？丽芙回答说："难过？怎么会？那是我的特权。"那真是她对我的最高奖赏。

其实，从丽芙执导《索菲》(*Sofie*，1992)开始，到后来的《克里斯汀·拉夫兰斯达特》(*Kristin Lavransdatter*，1995)，《私供》(*Private Confessions*，1996)和《背弃》，丽芙作为导演的天才正海水溢出堤岸。她缓解了我内心的挣扎，缓解了我的眩晕感和悲剧感。我的故事是：被命运结合的人，互相折磨，徒然成为彼此的桎梏。而同一个故事，在她的镜头里，却不再仅仅是关于折磨和背叛。所有的细节带上了回忆的前世之光，女主人公玛丽安娜幽灵般讲述着，作家伯格曼记着笔记，他们之间的关系变得越来越质朴。

在她的故事里，我感觉我儿时对父母所抱的怨恨逐渐消散了。他们也转化成普通的人类，我渴望和他们会合。

遇见
MEET

丽芙·乌曼

伯格曼曾经拍过这样一个细节：墙上突然出现了一张女人的温柔面孔，但是当我们张开双手希冀她的眷顾时，她却困顿地闭上了眼睛。

伯格曼的电影因此经常会狡猾地提醒我们：这是电影呐。《狼的时刻》一开头，我们就能听见一个导演在指挥工作的喊声："灯光——拍摄——"

很多年前，在法罗岛，内心深处，我一直心怀恐惧地等着这样一声：关闭镜头，拍摄结束。我逐渐无法忍受那种随时可能降临的离别。

最后，《广岛之恋》的结局降临了，我在心里对他大声狂喊："我将把你忘掉！我已经在忘掉你了！你看，我是怎样在忘掉你！看着我呀！"

看着我呀！看着我呀！看着我呀！

第三辑
THE THIRD EDITION

特吕弗和戈达尔

特吕弗（Francois Truffaut）的电影《骗婚记》（*La Sirene du Mississippi*，1969）中，贝尔蒙多（Jean-Paul Belmondo）和德诺芙（Catherine Deneuve）有这样一段台词：

"爱很痛吧？"

"是，很痛。尤其是你看着我的时候。"

"但昨天你说爱是欢乐。"

"它是欢乐，也是伤痛。"

遇见
MEET

拍摄这个镜头的时候，特吕弗相当恍惚，摄影棚里的人都自觉地不去打断导演的恍惚，人人心里想着：果然！导演又爱上了女主演。

特吕弗的确是爱上了德诺芙，就像他之前爱上摩露（Jeanne Moreau），之后爱上阿佳妮（Isabelle Adjani）一样，他总是比他的男主角更热爱女主角。但是，这一次的恍惚，有一些不同。

他没有盯着德诺芙看，他的眼神有点远。他在想念戈达尔（Jean-Luc Godard），他在想自己是不是真的和戈达尔渐行渐远了。1960年，他拍完《射杀钢琴师》（*Tirez sur le pianiste*），戈达尔表示过赞赏，但之后，他就对他的电影一言不发了。特吕弗在想，是不是自己真的像戈达尔所暗示的那样，"精英到堕落了完蛋了"？德诺芙和贝尔蒙多的台词，是不是说出了他和戈达尔的"欢乐和伤痛"？

1956年，特吕弗二十四岁，戈达尔二十六岁，夏布洛（Claude Chabrol）二十六岁。那年，特吕弗和夏布洛准备拍一个根据社会新闻改编的电影，也就是以后的新浪潮代表作《断了气》（*À Bout de Souffle*，1960）。但是，他们俩观点不合，影片就搁浅在那里。后来有一天，戈达尔突然说，他愿意把他们的这部电影拍下去。于是特吕弗挂名编剧，夏布洛当技术指导，戈达尔当导演，《断了气》又接上了气。那真是每一个影迷梦想中的组合，特吕弗的主人公奔波在戈达尔的镜头里，夏布洛在一边调度着节奏……

影片最后变得非常"戈达尔"，但是特吕弗和夏布洛一点都不介意。那是新浪潮健将们的蜜月期，就像玛格尼（Joel Magny）说的，那个年代，"同样的灵感，同样的大师，同样的编剧，同样的想法，同样的女孩……"

年轻的特吕弗爱年轻的戈达尔，年轻的戈达尔爱年轻的特吕弗。特吕弗的《四百击》（*Les Quatre Cents Coups*，1959）刚一上映，戈达尔就在《电影笔记》上撰文："借着《四百击》，特吕弗进入了我们童年的教室，也进入了现代电影。"他预言，从此以后，"特吕弗的孩子"将成为一个常用词汇，人们说起"安东"（《四百击》主人公），会像说起"教父"一样。的确，《四百击》是如此傲慢，如此顽固，又如此自由。戈达尔最后总结说，这部影片定义了：坦诚。迅捷。艺术。创新。技术。灵感。莽撞。严肃。悲剧。革新。梦幻。残暴。情爱。普遍。温柔。

同时，戈达尔的每一部电影面世，特吕弗都热情洋溢地表示最高级的敬意："《卡宾枪手》（*Les carabiniers*，1963）不是杰作，它大于杰作！""《狂人彼埃洛》（*Pierrot Le Fou*，1965）是一个奇迹！"不要以为他们在互相吹捧，作为当时法国最好的两

遇见
MEET

个影评人,特吕弗和戈达尔从来不是随便说好话的人,他们对同行的批评有时称得上"血腥",他们彼此的最后翻脸也一样血腥。

其实,早在五十年代末,他们的电影意识形态就显示出了分道扬镳的迹象,尽管他们同样醉心于新浪潮精神之父巴赞(Andre Bazin)的理论,"摄影给时间涂上香料,使时间免于自身的腐朽","摄影机清除了我们的感觉蒙在客体上的精神锈斑,只有旁观者的镜头能够还世界以原本面貌,从而激起我们的眷恋……"。基于这些观点,新浪潮与戏剧实行了决裂,没有故事,从来不曾有过故事,只是生活在银幕上流动,观众可以自由地选择他们自己对事物和事件的解释。

不过,从巴赞的理论出发,特吕弗的重点是"没有正确的画面",戈达尔的重点是"正确的只有画面"。特吕弗从好莱坞的"坏电影"中学习"不应该怎么拍片",戈达尔借反抗"法国优质电影"呐喊出"电影就是每秒 24 画格的真理"。他们一起大声疾呼"拍电影,就是写作",但是,特吕弗写下的故事似乎越来越退缩到房间里,关乎的也主要是男女情爱,《朱尔和吉姆》(*Jules et Jim*, 1962)是二男一女;《软玉温香》(*La Peau Douce*, 1964)是一男两女,《骗婚记》是两男一女;《二个英国女孩与欧陆》(*Les Deux Anglaises et le Continent*, 1971)中,尚皮耶·李奥（Jean-Pierre Leaud）周旋于两个英国姐妹之间，《最后一班地铁》(*Le Dernier Metro*，1980）里，德诺芙又徘徊在两个男人的爱之间⋯⋯

同时，特吕弗的镜头色调变得日益浓郁，从早期的《乳臭小子》(*Les Mistons*，1957）到《阿黛勒·雨果的故事》(*L'Histoire d'Adele H.*，1975），再到《最后一班地铁》，特吕弗像是要用越来越热烈的电影颜色把公共生活和革命政治堵在电影院门口，他厌恶政客，他把他们烟灰一样地清除出他的银幕，但是，也因为这一点，他和戈达尔最后闹翻了。

1968年法国革命之后，他们两人就不再来往，虽然在1967年，戈达尔完成《中国姑娘》(*La Chinoise*）时，特吕弗还表示过公开的敬意；但是，戈达尔对特吕弗的不满到底藏不住了。六十年代开始，戈达尔的电影语法是：革命，战斗，批判；他的电影语汇是：暴力玫瑰，革命马路和打倒资产阶级！特吕弗说："戈达尔沉迷于另一类电影中，1968年以后他认为不可能再拍以前那样的电影，他仇恨那些走在老路上的人。"而从各方面而言，戈达尔都希望早年的新浪潮伙伴可以配合他的火药攻势，但特吕弗没有，特吕弗选择了继续拍"通常电影"。

终于，1973年5月底，也就是那年的戛纳电影节刚刚落幕，戈达尔向特吕弗"开枪"了。事情是这样的，那天，戈达尔兴冲

遇见
MEET

冲走进电影院去看《日以作夜》(*La Nuit americaine*, 1973),兴冲冲是因为他对特吕弗毕竟抱着同志般期待,"也许这回特吕弗改变了……"但是,看完电影,他勃然大怒,而且他希望特吕弗立即知道他有多愤怒。 他给特吕弗寄了一封信,语气倨傲又随便,"倨傲"来自他的左翼立场,"随便"则源于他们的往日友谊:

> 也许没人会叫你说谎者,但是我会。我不是要谩骂你"法西斯",我是要批评你。你说,电影是暗夜里的大火车,但是,谁在坐你的火车,是哪个阶级在坐?而且,谁是那个身边坐着奸细的列车长?

戈达尔非常畅快地鞭挞了一通特吕弗的电影意识,然后,他用了比较正式的语气,一点也没有拐弯抹角地提出:"拍了《日以作夜》这种影片后,你该帮助我了,这样观众才能知道世界上不仅仅只有特吕弗电影。"他直截了当地要特吕弗为他的下一部影片投资一千万或至少五百万法郎。 最后,他用了几乎是挑衅的语气说:"如果你想讨论一下,也行。"

说实在的,作为他们俩共同的影迷,第一次看到戈达尔的这封信,惊讶之余其实有一些感动,那真是一个坦诚又年轻的时代，俩人可以这样讲话，天真的戈达尔居然可以用这样傲慢的语气请求特吕弗"帮助我"。

自然，一样心高气傲的特吕弗马上被激怒了。他回了一封二十页的长信，用同样的愤怒回敬了戈达尔。有意味的是，俩人的信，一样以愤怒为主题，但风格完全不同，戈达尔是霹雳左翼风，像他的电影；特吕弗讲究细节，连绵深入，也像他的电影。特吕弗先为尚皮耶·李奥说话。作为新浪潮时代最著名的脸，李奥是在《四百击》中成长起来的。后来，他同时为特吕弗和戈达尔拍片，那个时期，导演和演员的关系就像镜像一样缠绕又亲密，他们三个人戏里戏外，成了电影史上最著名的"导演和演员关系研究个案"。

特吕弗把戈达尔污辱李奥的信退还给了戈达尔，说："你写给李奥的信我读了，我感到恶心。在我看来，你很可耻。你语态高傲，把自己装扮成受难者，而事实上，你从来都能得到你想得到的。同时，你却可以牺牲没有防守能力的人，来维持你那可笑的酷汉形象。"戈达尔所扮演的高高在上的批判艺术家角色激怒了特吕弗，他说他本人更喜欢谦卑的艺人。他讽刺戈达尔："你越说自己喜欢民众，我就越喜欢尚皮耶·李奥。你假惺惺的左翼立场掩盖不住你骨子里的精英主义。"然后，特吕弗说了一个细节：当年，让我们和萨特（Jean-Paul Sartre）一起到街

遇见
MEET

头去分发《人民战报》(*La Cause du Peuple*),是谁临阵退缩了?

特吕弗因此也毫不留情地总结说:"对你而言,人人生而平等,只是理论,不是良心。你是一个骗子,一个病态的自大狂。你总在扮演角色,那种莫名其妙众望所归的角色。我一直觉得真正的斗士应该就像清洁女工,天天做着最平常的工作。而你,你出场,不过是为了让闪光灯闪上四分钟,让你发表两三个惊人意见,然后你神秘消失,而在你对面的阵营里,则是一些'小人',包括巴赞、萨特、布努艾尔(Luis Bunuel)等等。他们这些小人在帮助民众填写社保表格,在帮他们回信,他们没有那个膨胀的自我。"

这封长信的结尾和戈达尔的结尾一模一样:"如果你想讨论一下,也行。"

自然,这个"讨论"没有实现,新浪潮时代最动人的友谊结束了。特吕弗虽然在二十页的长信里也好好宣泄了一番,他的悲伤却相当深重,失恋一般。他向亲爱的巴赞夫人谈起这次痛苦的失和,巴赞夫人给他写了一封信,说:"我不知道戈达尔是否能看懂你的愤怒,其中包含了深切的悲伤和友谊。当然,我也不认为戈达尔那么没有情感,我相信他的那些愤怒来自脑袋,而你的,来自内心。"

第三辑
THE THIRD EDITION

接下来很长一段时间,从戈达尔开始的发难,让当时的左翼影评界纷纷响应,他们谴责特吕弗的意识形态"中间态",他们称他为"机会主义","叛徒特吕弗"。著名作家波禾(Jean-Louis Bory)开始的时候对《日以作夜》还相当友善,几个月后,却说"此片一派调和论",而且粗率断言:"特吕弗、夏布洛、德米、侯马,他们已经把自己出卖给体制了!"

特吕弗也给波禾回了一封长信,说:"作为一个导演,我工作时的灵魂和你写作时的灵魂一样,我们自由地选择自己的题材,然后用合适的方式创作出来,然后投放市场……是好是坏,我的每部电影都是我想做的,别无他想……我没有把自己出卖给体制,我不过以自己的方式在体制内工作。"

特吕弗不愿意像戈达尔那样,作为一个烈士站在体制里。他甚至强调说,他对他所有的影片负责,"我从来不准备谴责体制"。特吕弗的这句话后来又让左翼影人逮住痛打了一顿,但是,他坚持他的诚实,并且认为自己和他们的分手也是必然的,尽管每一次都很痛心。

后来,特吕弗去世前几年,戈达尔倒是试图和解俩人的恩怨。他给新浪潮时代的三伙伴——特吕弗、夏布洛和里维特(Jacques Rivette)——写信,说希望在瑞士的家里招待他们。特吕弗回了信,表示如果要他到场,戈达尔也得请这些年来被他

遇见
MEET

谩骂污辱过的朋友一起出席，信的结尾，特吕弗骂得很平民：狗屎还是狗屎。

十年怨恨终究无法化解，最后的机会是 1981 年，俩人在纽约的一个饭店不期然碰面，但是特吕弗拒绝和戈达尔握手，他们一起等出租车，特吕弗装着看不见戈达尔。

想起来真是伤感，两个电影大师，风里衣袂相碰撞，却冷冷走开了。而细细想来，所谓的左翼右翼并不是天堑不沟通。你看，其实戈达尔的美学趣味一点都不平民，他嘲讽中产阶级，用长镜头描写周末假期法国郊区塞车的盛况，路边田野风光明媚，五分钟的镜头一路扫过塞住的车子，那几乎是六十年代的车展，批判意味的确非常强烈，但是更强烈的是奢华的视觉宴席。前年，戈达尔完成了《爱情研究院》(*Eloge de l'amour*，2001 年)，片子开头，老板面试员工，老板问："你现在有工作吗？"平民面试者诗一样地回答："我在白天的夜晚工作！"半个世纪了，戈达尔的左翼关怀没有变，精英话语更没有变。

岁月流逝，死亡早早带走了特吕弗，不过，影迷们帮他们达成了最终的和解。他们的名字永远同时被提及，看了特吕弗电影的人总是会去看戈达尔，看过戈达尔的也必看特吕弗。戈达尔电影中，那些高深的片段，在特吕弗的电影中，被解释了。戈达尔的剪辑，跳跃难懂，观众看得筋疲力尽，电影学院解释说，这就是戈达尔的平民观，左派视角——平民生活和电影一样，让人断气——但是，最热爱戈达尔的观众，常常还是那些右翼分子，他期待中的平民观众更喜欢特吕弗，普罗对着特吕弗的"精英镜头"悲伤辗转，无力自拔。

特吕弗喜欢说一句话，没有你不行，有你也不行。有时候想，特吕弗的这个"你"，也许指的是戈达尔，虽然他至死也不愿原谅戈达尔。

第四辑

非常罪非常美
当世界向右的时候
慢慢微笑
没有你不行，有你也不行
乱来
这些年
永远和三秒半
例外
一直不松手
有一只老虎在浴室
我们不懂电影

非常罪非常美

写这篇文章时,雷妮·瑞芬舒丹(Leni Riefenstahl)九十七岁了,可全世界,包括她自己都明白她活着或死去都无法摆脱一个死了有半个多世纪的人——希特勒。在回忆录里,她说:"人们无休无止地问我是不是和希特勒有罗曼史,是不是希特勒的女友。每次,我都笑笑告诉他们,那是谣言,我不过为他制作了纪录片。"但问题是,她很美,她为希特勒制作的纪录片很美,她是希特勒最喜欢的导演,德意志第三帝国时代最才华横溢的

遇见
MEET

女人。

一

1902年，她生于柏林一个商人家庭，先是以一个芭蕾舞者身份成名。有一天，她在等一列地下铁的时候，瞥到月台对面的一张电影海报，宣传的是阿诺德·范克博士（Dr. Arnold Fanck）导演的"高山片"《命运山峰》（Mountain of Destiny）。这张海报催眠了她，她先是找到了《命运山峰》的主演路易·特兰克（Luis Trenker），说她想在他的下一出戏里和他演对手戏，并请他把她的照片寄给范克博士，魏玛影界的"高山片之父"。那张照片上咄咄逼人的美也把阿诺德催眠了，他马上请她主演他的下一部电影，演对手戏的是路易·特兰克。到二十年代末，瑞芬舒丹已是当时的一个偶像，她的高山攀缘几乎撼人心魂，赤着脚，抛弃绳索，向人的极限挑战，向至高无上的力量进军。在那荒无人烟的积雪地带，自然环境所携带的震慑力兼具大美和大恐怖，而瑞芬舒丹的美因此也超越了"女性、性感、人间"这些范畴，这让塑造了玛琳·黛德丽（Marlene Dietrich）的冯·斯登堡（Josef von Sternberg）极为欣赏，对她说："我可以把你塑造得跟黛德丽一样举世闻名。"但是另一个人比斯登堡更欣赏她，或者说,更有条件欣赏她:阿道夫·希特勒把她变成了国社党电影的首席指挥。她也借此极为天才地成了纳粹政治的美学诠释人。

1933年,希特勒请她为国社党的大会拍摄纪录片,这部影片没有公开放映;但她不久就接受了希特勒的个人委托,为国社党的1934年纽伦堡军事阅兵拍摄纪录片,这就是她最为世人激赏和诟病的《意志的胜利》(*Triumph of the Will*,1934)。摄制期间,第三帝国向她提供了任何一个导演都梦寐以求的工作条件:无限制的经费,一百多人的摄制组,包括十六个摄影师,每个摄影师配备一个助手,三十六架以上的摄影机同时开工,再加上无数的聚光灯听候调配。无与伦比的拍摄条件让瑞芬舒丹首创了电影史上的很多摄影技巧;在大场面的把握上,至今没有一个导演可以声称超越了她。她用情节剧的摄影机角度来记录这场宏大的阅兵里的个人和整体,又用瓦格纳歌剧的手法来表现这场庞大阅兵的主角——希特勒成了人间之神。在这部毫无情节可言的杰作里,瑞芬舒丹把"纯粹"和"秩序"当作主人公来塑造,她把希特勒的政治理想表达得不仅前程灿烂,而且显得无限动人。这部影片后来获得了威尼斯影展的金奖。

之后,她受国际奥委会所托,为1936年在柏林召开的奥运

遇见
MEET

会拍摄一部纪录片,《奥林匹亚》(*Olympia*,1938)因此成了她的经典之作。1938年4月20日,《奥林匹亚》首映,正好是希特勒的四十九岁生日。她的这份辉煌礼物后来在电影史上得过四个大奖,但同时也永远地成了她的污点,因为在当时和现在的众多影评人看来,她把"奥运会转化成了法西斯仪式,旁白中不断出现的'战斗''胜利'字眼,都透露了创作者的法西斯信念"(焦雄屏,《电影法西斯》)。不过,这部影片所记录的人体之美和仪式之美的确让以后的电影人叹为观止,人和速度和力量的结合在瑞芬舒丹的摄影机之下,显得像神话一样。法西斯美学波澜壮阔地侵入人心,她先是把竞技变成宗教,然后又把宗教变成"意志的胜利"。

二

第三帝国倒台后,瑞芬舒丹是第一批被送进监狱的电影人之一,她被定名为纳粹同情人,几次遭到逮捕(其间她成功地越过一次狱)。1949年,她终于结束了牢狱之灾,但是舆论和评论界的牢狱更迅速而扎实地围困了她,而且她作为导演的生涯随着帝国的覆灭也永远结束了。终她一生,瑞芬舒丹都拒绝承认她和希特勒政府有什么"浪漫的交往",她坚称她只是一个电影导演。 九十年代初，瑞·慕勒（Ray Muller）拍摄的《瑞芬舒丹壮观而可怕的一生》(*The Wonderful，Horrible Life of Leni Riefenstahl*，1993）以采访九十岁的瑞芬舒丹的形式展开。 在这部纪录片中，瑞芬舒丹回顾了当年如何开始走上银幕；如何第一次执导《蓝光》(*The Blue Light*，1932）；如何受邀于希特勒，开拍她的两部经典之作，并在摄影技术上费尽心思；如何被别人误解和诟病，如何继续活下去；等等。 自然，瑞芬舒丹在她和纳粹党的关系上有撇得过清的嫌疑，而且，在很多问题上，诸如她对纳粹集中营的不知情，她也无力自圆其说［在她摄制她的最后一部电影《低地》(*Tiefland*）时，她曾经使用过集中营的一批吉卜赛人］。 但是，她半个多世纪所承受的耻辱和痛苦似乎也够多了。 1938年，瑞芬舒丹出访美国，包括好莱坞，为她的《奥林匹亚》做宣传。 自那时起，她就开始遭遇源源不断的攻击："雷妮，滚回家去！"——这就是好莱坞给她的欢迎词。 各大制片公司的头都不敢见她，怕从此影响制片公司的声誉。 虽然最后她竭尽所能主持了一场《奥林匹亚》的非公开放映，好莱坞的不少圈内人还是得在黑暗中偷偷溜进影院参加观赏。 不过，美国评论界无法忽视《奥林匹亚》的成就，《洛杉矶时报》写道："这部影片是摄影机的胜利，是荧幕的史诗。"

遇见
MEET

事实上，在追求完美上，很少有导演可以和瑞芬舒丹匹敌。在拍摄《奥林匹亚》期间，为了表现百米短跑的真实速度，瑞芬舒丹创造了自动前行的摄影机，运行速率和运动员的速度相当；拍摄跳远，她在沙坑边挖了一个洞，以此达到仰拍跳远的效果；为了拍全景，她用热气球送六个打开的摄影机上天，虽然这个试验连续地以失败告终，她的摄影理念还是远远地走在了那个时代的前面。但是极为有意思的是，正是她的这种史诗般的镜头和天才设想成了她悲剧的材料。苏珊·桑塔格（Susan Sontag）在《迷人的法西斯》一文中，说："莲妮（即雷妮）被平反为美的祭师，并不见得是好现象，显示了我们无力侦察出对法西斯的渴望。莲妮不是一般的唯美派那样浪漫地玩人类学，她作品的力量，等于她政治及美学意念的连贯……没有历史透视，这种欣赏会引导我们不知不觉间接受了各式各样有害的宣传。"（《文星》1988年2月号）不少影评人更把瑞芬舒丹的这种法西斯美学上溯至她的"高山片"时期，认为"高山片"所传达的征服意识和壮阔美感正好和希特勒的纳粹思想不谋而合。不过，真的要在纳粹政治意识上追究瑞芬舒丹的话，那么，她的电影中至少也有和希特勒思想相矛盾的地方。比如，在《奥林匹亚》中，她用大手笔表现了黑人的身体，黑人的速度，而这显然不会让希特勒高兴。在她的生命后期，她更几次出入非洲，和当地的土著一起生活，拍摄了大量的照片。 最后，在她七十二岁的时候，她开始学习潜水，撇开人间，专注于拍摄寂静无声的水下世界。 但是，这些照片的命运并不比她的电影好。 1997年，在德国汉堡有一个"瑞芬舒丹剧照和摄影展"，这个展览立即招致了强烈抗议，他们的标语是"纳粹展览！""不许兜售法西斯美学！"等等。 为此，瑞芬舒丹很愤怒地对报界声称："不要因为我为希特勒工作了七个月而否定了我的一生！"

三

瑞芬舒丹的愤怒是有道理的。 二战期间，有很多艺术家，包括电影导演都曾经为欧洲的法西斯政府工作过，这串名单很长，比如罗贝尔多·罗西里尼（Roberto Rossellini），萨尔瓦多·达利（Salvador Dali），冯·卡拉扬（Herbert von Karajan），但是他们都在战后获得了重新工作的机会，而且他们战后的声名几乎也无甚损失。 即使是和纳粹的宣传部部长戈培尔（Goebbels）过从甚密的维特·哈兰（Veit Harlan），虽然他的电影"更和纳粹政府的调子押韵"，且极明显地表现出反犹太情绪，他在五十年代后也得以重操旧业。 可能历史对女人的清白有格外严格的要求，总之，瑞芬舒丹和其他几位在纳粹统治期间为第三帝国工

遇见
MEET

作过的女人一样，包括维特·哈兰的妻子，都永远地失去了她们在战前的工作。 而瑞芬舒丹受到的惩罚是最严厉的，影评人里查德·考利斯（Richard Corliss）就此说得很坦率："那是因为《意志的胜利》拍得太好了，加上，她的风格，加上，她是个女人，一个美丽的女人。"

事实上，虽然瑞芬舒丹的名字至今还在流放中，《意志的胜利》和《奥林匹亚》却从问世起，就在电影学院的经典架上。 这是两部被暗中模仿最多，明里最受争议的电影；瑞芬舒丹摄影机下的希特勒形象虽然成了希特勒的"原型"，但是对她的引用从来不曾妨碍过对她的批判。 她的最后一部电影（《低地》在拍摄十多年后，直到 1953 年才得以上映）一直受到影评界的忽视，女性主义电影人桑德丝·布拉姆斯（Sanders-Brahms）因此惊呼："怎么可能，五十年过去了，评论界依然如此惧于评论这部影片？ 无法想象，对德国知识分子来说，拒绝评论这部电影就可算是一个正确的姿态？"这部 *Tiefland* 是瑞芬舒丹除《蓝光》外的唯一一部剧情片，也是她在第三帝国时期制作的唯一一部影片。 在桑德斯看来，这部影片反映了瑞芬舒丹对希特勒的拒绝，因为这是一个关于反叛的故事，关于弑君的故事。 影评人罗伯特·冯·达桑诺斯基（Robert von Dassanowsky）也提出，《低地》的拍摄并没有接受纳粹宣传部的经费，她借着这部

第四辑
THE FOURTH EDITION

影片开始她的"逃出第三帝国",逃出她的"法西斯美学"。然而,就艺术而言,从"法西斯美学"的逃逸让瑞芬舒丹失去了自己最强劲的表现力。意识正确无法保证一部电影的艺术;反之,意识的错误也无法抹却《意志的胜利》和《奥林匹亚》的辉煌,那种整饬而壮阔的美的确有很大的煽动力。无怪乎当代大牌导演斯蒂文·斯皮尔伯格(Steven Spielberg)和乔治·卢卡斯(George Lucas)都曾公开地向她表示过同行的敬意。至于好莱坞的那些类似《星球大战》的电影,大陆和港台拍摄的大量武侠片,绝大多数都带着点瑞芬舒丹笔法,有的高明,有的拙劣。

自然,《意志的胜利》和《奥林匹亚》这两部经典之作,因为它们的出身,已被宣判永远无法走出希特勒和纳粹的阴影。虽然,瑞芬舒丹对这两部影片的把握在气势上比格里菲斯(D.W. Griffith)的《一个国家的诞生》(*The Birth of a Nation*,1915),和爱森斯坦(Sergei Eisenstein)的《战舰波将金号》(*Potemkin*,1925)显得更完美,但是格里菲斯和爱森斯坦所享受的崇高地位是永无可能被瑞芬舒丹分享的。瑞芬舒丹的这种宿命似乎也是艺术的一种宿命,或者说,一个有过失的女人的宿命。瑞芬舒丹晚年的时候,嘲讽而心酸地说:"女人是不被允许犯错误的。"但是,接着,她很有勇气地说:"不过,我那时确实非常崇拜希特勒,他在任何角度都不好看,不是那种会让女人喜欢的男人;

遇见
MEET

但是，他很有魅力。"显然，时年三十岁的雷妮和九十岁时回忆往事的瑞芬舒丹，对希特勒和第三帝国的了解是完全两样了。但是，就美学而言，法西斯的迷人之处隔了六十年的光阴，却不曾消散。 问题是，以《意志的胜利》为代表的法西斯美学是不是可以堂皇地在电影美学上占一章？ 法西斯之美有没有可能只在美的范畴内得到评介？ 或者，那永远将是一种戴罪的美。

当世界向右的时候

"左,左,向左!
"当世界向右的时候,向左!"
朋友在电话里气壮山河地跟我念完这两句诗,问写得怎么样。我说好,有气势。他阴险地笑了两声,说听完最后一句:"左岸工社,少数人的写字楼。"
又是房地产广告。当诗歌终于被诗人们废纸般遗弃的时候,房地产商人却在城市最明亮的地方推销起了诗歌——

遇见
MEET

在太阳最先停留的地方，当骑兵把草原点燃之际……

堂堂柱廊，我住在其中，海的阳光给它涂上火色斑斑，那些巨大的石柱挺拔而庄严，晚上的柱廊就像那玄武岩洞……

没错，它们一个是埃里蒂斯《英雄挽歌》的开篇，一个是波德莱尔的《从前生活》，但是，它们讲述的绝对不是"挽歌"，绝对不是"从前"。它们，就像"左岸工社"的策划人说的，寻寻觅觅的是那些有点文化情结的客户。

在和一个房地产广告人士聊天的时候，我很吃惊地知道他曾经是著名的校园诗人，但他很不满意我O形的嘴，淡然说道，房地产里的诗人绝对比中文系的诗人多。然后他说出一个真理："我们造商品卖商品，平时念叨的也是商品，所以广告里绝对不提商品，而什么东西离商品最远？诗歌。"也因此，他笑笑说，房地产里的诗人队伍非常庞大，所谓异性相吸，此之谓也。

一百多岁的卡夫卡从坟墓里爬起来，看到《变形记》里的甲虫如今成了电视上的广告明星，在推销少数人的写字楼，不知会感到如何悲哀？也没法知道，林语堂看到自己名字的谐音"林与堂"成了新华路豪华楼盘名，是不是会一笑置之……

华灯锦簇里，"向左！向左！"这样的口号的确是有催眠作用的，就像学校附近的两家咖啡馆，一家叫"西窗烛"，一家叫

第四辑
THE FOURTH EDITION

"舒心",前者的生意总是好些,虽然咖啡和椅子基本没有区别。不过,我在想,好歹,它们证明诗歌是有引力的。

遇见
MEET

慢慢微笑

"我想念 HB 在屋里来回走动的沙沙声,噼里啪啦的打字声,老爷洗衣机叽里嘎啦地把肥皂水甩到厨房地板上……他帮我熨衣服,在他到来之前,我的衣服还从没见过熨斗;他吸尘,之前我不曾拥有过吸尘器;我抱膝坐着,他吼叫着在我面前晃来晃去,他做饭,他洗衣服,他把柠檬洁厕净冲入下水道。"这是德瑞克·加曼(Derek Jarman)在他最后一本日记(1991 年 5 月至 1994 年 2 月)——《慢慢微笑》(*Smiling in Slow Motion*, 2000)

第四辑
THE FOURTH EDITION

中写下的一小段话，HB 是他的同性情人，帮他度过了饱受艾滋病折磨的最后岁月。

加曼 1942 年 1 月出生于英国米德尔塞克斯郡，1994 年 2 月死于伦敦。在他生命的最后几年，因艾滋病引发的多种疾病导致他双目失明，皮肤脱落，肌肉萎缩，让这位全英国最勇敢最独特最不羁的导演、诗人、画家和园艺家也禁不住在临终前悲叹："感谢上帝，生命终于快走完了。我真的有点厌倦，无法承受了。"

《慢慢微笑》原本记载在 33 册小日记本里，手订的水彩封面本子，刚好可以装在德瑞克的外衣口袋里，每册都题写着一句话："捡到者有赏。"编者考林斯（Keith Collins），也就是 HB，在前言里说加曼本人对于日记是否要出版其实是很矛盾的。有一次，他对 HB 说，在他死后，把他的日记都烧了。但同时他一刻也没有停止过记录最后时刻的身体状况，天气，电影思想，以及爱情，并且为每本小册子费心取了题目，诸如《罂粟大战》《乌托邦里的一个寒战》《岁月渐老》等等。

他的日记最常写到的是电影，HB 和 HB 的头发，性，HIV 和他慢慢丢失的视力。

遇见
MEET

HIV 和电影

1986年12月22日,加曼提前领来了自己的"圣诞礼物"——HIV阳性。对此,他早有准备,一个月后,他向世界公布了他的病情。著名的影评人尼古拉斯·容(Nicholas de Jongh)很为此动容,他后来说:"当时站出来说自己是艾滋病患者绝不是什么时髦的事!"《泰晤士杂志》说:"德瑞克·加曼是他那个时代的同性恋偶像,一个特立独行的天才。"他孜孜不倦地为同性恋事业奋斗了三十年,顽强而暴躁地抗击各种不合他意的同性恋报道,他坚持人人都是同性恋,只是有些后来变成了异性恋。他的"同性恋人之梦"和马丁·路德·金的《我有一个梦想》共享一个句式:"我希望有一天,所有的男孩爱上男孩,所有的女孩爱女孩,永不改变。"

加曼死后两天,《独立报》刊发了麦卡皮(Colin MacCabe)的一篇重要评论,文章写道:"加曼生活中最重大的欢乐源于两个事实,他的同性恋身份和他的英国国籍。对同性恋的压迫和对英国传统的践踏燃烧着他的艺术。这两个主题交织在,也许是他最个人化的电影《英国余烬》(*The Last of England*,1987)中,这部影片就是在他查明自己是艾滋病患者后创作的。"加曼英俊，幽默，水银般光亮的个性，天生的智慧令他甜蜜、愤怒，又充满激情。不过，他用词遣句却是老派的英国风，反对流行的时髦的脏话。对同性和异性造成的强大引力一直是英国艺术界的一大传奇，这个传奇在他最后的影片《蓝》(*Blue*，1993)中发展成一种电影图腾。

《蓝》是加曼在双目失明的情况下拍摄的，"为了让人知道死亡是什么样的，艾滋病人的死是什么样的"，这是一部无法定义无法复述的影片。在这之前，加曼拍摄的影片，比如《卡拉瓦乔》(*Caravaggio*，1986)，比如，《维特根斯坦》(*Wittgenstein*，1993)，都是出名地难懂而艰深，但是加曼无意票房，他淡然一笑："我是我们这一代中最幸运的导演，我只拍我想拍的电影。"的确，就此而言，加曼非常幸运，他的影片是任何一个好莱坞导演无法开拍的，他用光和影来描绘生活、同性恋和哲思。《蓝》把他标志性的艰深推到了极致，或者说，他完全放弃了艰深，在这部电影里，所有的电影手段都被摒弃了，没有故事，没有人物，没有画面，银幕上只是蓝，只是光影和画外音。但那是多么夺人心魂的77分钟蓝呀，说不清是清晨还是黄昏，连加曼的画外音都可以被忽略，我们自动进入子宫般的静谧国度，一个因完美的持续而造成的神秘产生了巨大的美感，先锋电影装模作样的自大在这里石沉蓝海。自然,《蓝》是电影史上的一个重要文

遇见
MEET

本，我们也很容易向它馈赠各种前卫的标签，但是，关于电影的主题，加曼却说得老实又古典：这是我的死和英国的死。

HB

提到 HB 的时候，加曼的语气总是宠爱的，眷恋的，挥霍的。在日记中，他写道："HB 开始养头发，他说现在不再有人看他了。自然，他这是鳄鱼眼泪。塔妮娅认为他美得不可思议，有一张令人永难忘却的脸。我自己也这么想。但 HB 从不相信。他从他母亲那里遗传了非凡的眼睛，绿色的眼珠，睫毛长得跟蜘蛛腿似的。HB 有文身，包括花，蜜蜂，蜥蜴，海马和一条鱼。我在最罗曼蒂克的环境里和 HB 邂逅，电影节，电影院的第一排位置，后来我给他电话祝他新年快乐，后来他就背了个包到伦敦来，并待了下来。"情节有点像《生命中不能承受之轻》里特丽莎敲开托马斯的门，他们后来的生活也有点像特丽莎和托马斯离开布拉格后的日子。那是 1986 年 10 月，梯尼塞德同性恋电影节，当时 HB 才二十一岁，大学刚毕业，为政府部门设计软件。他是澳大利亚纽卡索人，父母是社会主义者兼坚定的卫理公会派教徒，但他们漂亮闪光的儿子却跟着一个公开的艾滋病人走了，深情地看顾了加曼七年，直到死亡把他们分开。

第四辑
THE FOURTH EDITION

可以说,《慢慢微笑》中最温暖的章节都是关于 HB 的,加曼的笔触也反常地一派调皮、琐碎,再加不节制的深情。"HB 把我叫作'床上法西斯',也就是说,我总是席卷掉所有的被子、床单和枕头,而他就只好在光秃秃的床垫上发抖。"当 HB 离开他们在伦敦的工作室或者在海边的"希望小屋"前往纽卡索工作时,加曼就感到长日漫漫难以度过,他穿上 HB 的 T 恤,穿上 HB 的毛衣,想象着 HB 躺在他身边,艰难地等着 HB 回来;每次,他都会在日记中反复写道:"我是如此想念他!"

最后几年里,加曼的视力慢慢地背叛了他,这个不懈的斗士也开始害怕:"我什么都不怕,但是我害怕不能自己刮胡子了,这种事,谁也不能帮忙的。"他内心越来越害怕 HB 不在的日子,但每次,HB 不得不去纽卡索时,他总是装出一副健康又快乐的样子,因为"如果 HB 发现我悲伤的话,他就会留下来"。所以,他开始在日记里流露出对死亡的渴望,生命的潮水退下去了,他悲哀地发现"每次,都是 HIV 赢。当你正要忘掉它的时候,它就冷不丁地袭击你一下。这种病比二战还折磨人,慢条斯理地领着你朝坟墓走"。不过每次,亲爱的 HB 都会及时地回来,把他从绝望中抱出来。这个时候,加曼会孩子般地在日记里欢呼:"我丢失了这么久的 HB 终于回来了!"他看着 HB 在屋里挥舞肌肉,向不怀好意的来电者下恶狠狠的咒语,把水果抛向

遇见
MEET

空中再接住，把水龙头开得洪水似的响，他就觉得非常幸福，非常幸福。当天晚上他做梦，半夜醒来他把 HB 叫醒，说他刚才梦见上帝了。HB 问："上帝跟你说话了？"他说："是的，上帝和我说话了。"HB 问："上帝说什么了？"加曼甜蜜地闭上眼睛，说："上帝说他把你给了我。"

最后，他在日记里双目失明地写下的最后一句话是：HB true love。以后，他再不曾有力气举起一支钢笔了，我们也再无法知道他最后的几个星期在想什么，也许，如他经常回想起的他给 HB 的第一个电话，他们的第一次约会，弥留之际的加曼会想到，1月底的伦敦，凛冽的风雪里，HB 第一次给他电话，说他周末可能去伦敦。当时他的心跳得初恋一般，一个人笑了一晚上。

慢慢微笑

"慢慢微笑"这个题目源于加曼的一句电影笔记。那是他在拍摄他后来首部获公开放映的电影《赛巴斯蒂安》（*Sebastiane*，1975）期间写下的："《赛巴斯蒂安》中有一个镜头是他浮出水面，慢慢微笑起来。"他自己在"慢慢微笑"下画了一道线，句子里的"他"是加曼当时的恋人。这个情景大概简

第四辑
THE FOURTH EDITION

洁到刻骨铭心，加曼当时有多么爱他的主人公不重要，主人公是不是因为看见加曼而笑起来也不重要，他们后来是否上床，电影后来是否成功都不重要，加曼后来得了艾滋病，是谁传染了艾滋病给他都不重要。这是加曼付给他那个时代和爱情的代价，是生活的高利贷，加曼没有抱怨，他只在他的笔记本里平静地写下了这句话："我把头埋入枕头，对自己说再活一年。"

写完，他转头看着细雨中的大海，想象着他会在天堂或地狱遇到的同性恋老友们，觉得死去也妙不可言。要是运气好，他想他还会遇到生前供职于英国皇家空军的父亲和患癌症死去的母亲，他想谢谢他一直不太亲近的父亲留给他的遗产，让他得以在生命的最后几年在海边核电站的阴影地带建起了全英国最梦幻的花园，鹅卵石、鲜花和潮水抚慰了他临终前的眼睛。只是，从此要告别六十年代他在斯雷德艺术学院"夜夜夜狂"的"同志"们，告别生活剧场和大大小小的同性恋电影节，先锋电影和独立电影的亲爱同行们，他就写文章安慰自己说地狱里也有同性恋酒吧，死人们在一起拍活人拍不出的电影。这样，他就高兴起来，想起有一次肯恩问他："最好的性经历是什么？"他说："总是在床上吧，在床上总比在树上好。""那么你说死人玩同性恋吗？"他说："死人只玩同性恋。"

遇见
MEET

没有你不行，有你也不行

　　电影《杀手里昂》(*The Professional*，1994)中，小女孩玛蒂尔达问里昂："人生是不是只有童年才如此痛苦？"

　　仿佛是为了回答玛蒂尔达式的问题，特吕弗出现了，并且他强调说："童年是一辈子最痛苦的阶段。"多么灰暗的童年啊，年幼的安东反抗不了这个世界，对朋友说："我没有办法再回家了。我要离家出走。"1959年，新浪潮时代最好的电影《四百击》诞生，年轻的特吕弗带着电影从传统中出走，而我们，借着

第四辑
THE FOURTH EDITION

他的掩护，终于可以大声说出：我不要这样过。

难以忘怀第一次看《四百击》的那个夜晚。模糊的录像带，垂老的录像机，咔嚓咔嚓的背景音乐，没有翻译，没有字幕，但是尚皮耶·李奥（Jean-Pierre Leaud）一出场，我们就魂飞魄散了。这不就是我们自己吗？成长的年代里，我们不也如此疯狂又冷静地跟老师撒谎："昨天，我妈妈死了。"老师温暖的手臂包围过来，我们突然哭出声来，不是感到羞愧，而是莫名的巨大的伤感席卷过来，仿佛妈妈真的不在人世了。如此慌乱彷徨的童年啊，就像《四百击》里，老师一遍遍让学生朗读一个句子来克服一个英语发音：Where is the father?

爸爸在哪里？十二岁的特吕弗，第一次得知自己其实是个私生子，并没有过多激烈的表示。但是，整整一生，他用电影凄怆地呼喊：爸爸啊，你在哪里？1968年，他终于找到了亲生父亲的住所，但是，远远地望了一眼"父的门"，他拔腿走了。"没有你不行，有你也不行"，特吕弗最喜欢说的这句话，道出了他一生的挣扎。

逃学，小偷小摸，少教中心，参军，被开除，旅馆守夜人，私人侦探，小店员……安东其实就是特吕弗的精神自传。生活中有的是打击，有的是挫折，安东也跟普通人一样，随波逐流地过着，茫茫然结婚，茫茫然当父亲，茫茫然和妓女上床，又茫茫

遇见
MEET

然有了情人。但是，特吕弗没有让他的主人公，或者说他自己，在如此拥挤烦恼的生活中沉沦下去，简单轻快的音乐里，塔提式的笔触扭转了安东的心情。他初恋了，他去鞋店当卧底，他和妻子互相喂喂婴儿食品来充饥，他给克丽丝汀一大一小的两个乳房取名，他说撒谎吧撒谎，因为没有人相信你说的真话。

就这样，安东撒着谎一路长大，从《四百击》到《爱情长跑》，二十年了，同一个导演，同一个演员，同一个主人公，李奥最终成了特吕弗的EGO。特吕弗生前，有一段时间，李奥意欲摆脱特吕弗，甚至见面也不打招呼；特吕弗死后，李奥却要依赖精神病医生来维持他和世界的平衡，"特吕弗老爹的离去，意味着这个世界死去了一半，或者说，完全死了"。

想起来多么伤感，特吕弗已经离开我们，安东也足够当我们的叔叔，珍·摩露（Jeanne Moreau），凯瑟琳·德诺芙（Catherine Deneuve），伊莎贝尔·阿佳妮（Isabelle Adjani），范妮·爱登（Fanny Ardant）都渐行渐远，电影史上最惊心动魄的一个时代淡出了。而我们，也永远告别了偷偷溜进电影院的快乐，虽然为此，我们都曾付出过不小的代价，但是，生理的疼也好，心理的痛也好，所有的结果当年都不过是加剧了我们对电影的爱。

但是这样的爱在长大中渐渐粗糙了。坐在越来越柔软的影

第四辑
THE FOURTH EDITION

院沙发里,我们不再有冲动要离银幕近一点,再近一点。 童年慢慢远去,柯莱特,朱尔和杰姆,阿黛尔·雨果,英国女子和欧陆,都已被推入深深深处收藏,安东最后的凝视开始令我们不安;岁月流逝,我们自己加入了成人社会,正着手迫害小安东们。

1984 年 10 月 21 日,特吕弗挥手远游。 一个朋友说,对这个世界而言,特吕弗最有价值的一点在于,尽管他被剥夺了正常愉快的童年,他却拒绝对这个社会施加报复。 但我有时候想,特吕弗实际上还是报复了这个社会。 他和我们在一起的年代多么美好啊,他的每一部电影,都带给我们新的灵感,我们用他的台词说话,用他的情节生活,用他的方式恋爱……如今,他自己去和永恒会合,留我们筋疲力尽地和这个世界慢慢撕扯。

没错,特吕弗还是报复了这个社会。 因为他,这个世界的缺陷不那么致命;但是没有他,我们就像最后一班地铁里的乘客,疲倦又孤独。 常常,我会想起特吕弗和戈达尔的最后一面,那是 1981 年,俩人遭遇在纽约的一家饭店门口,但是特吕弗拒绝和戈达尔握手,他们一起等出租车,特吕弗装着看不见戈达尔。 渐渐地,他终于谁都不想看了。 而电影世界,突然就像个私生子一样,到处问:Where is the father? 没有你不行,有你也不行,亲爱的特吕弗。

遇见
MEET

《杀手里昂》中,面对玛蒂尔达的"童年痛苦"问题,里昂曾经迟疑了一下,说:"不是的,一直如此。"没有特吕弗,里昂是对的。

乱　　来

听宝爷说，嫦娥和吴刚正在月宫里乱来的时候，忽然发现窗外人影一闪，俩人惊慌分开。吴刚追将出去，一会回来，告诉芳魂未定的女郎，娘子休得惊慌，不是天兵天将，乃凡人杨利伟。

宝爷爱国，他用性命担保我们的杨利伟是真的去月亮上玩过的，有嫦娥为证。而美国人就乱来了，他们都是在摄影棚登的月，把五亿多观众一骗三十六年。其实，二十多年前，美国人

遇见
MEET

拍的《摩羯星一号》就把整个骗局演给全世界看了,但是好莱坞本就是梦工厂,是乱来的地方。

可这年头,如果不乱来,能被广大人民关注吗? 全国两会期间,湖南代表说了这样一件事:有一个医院搞人工授精赚钱,医院赚钱天经地义,但是该医院不按照一个供精者只能当五回爹的规定,在一年多时间里反复使用十几个男人的精子,让二百多个女人幸福地当上了妈妈,或者,更准确地说,让她们的孩子成了兄妹。

中国地大人多,这二百多个孩子以后可以选择的伴侣自然亿亿万万,所以医院也不担心未来二三十年会演出很多琼瑶剧,虽然广大人民见多了,小地方更经常是肥水不外流。

不过,中国人民是不会怕乱的,退后点讲,还是行为艺术。前一阵,一个艺术家朋友说,他在酒吧喝醉,回家路上遭遇小车祸,跌撞进家门,他老婆还以为他搞行为艺术,活活让他多流了一两血。 深刻检讨后,他把自己洗刷干净,决心重回学院过正常生活。 但是在学院待了一个月,他又把自己弄得鸡毛掸子一样地回江湖了。 怎么呢? 学院是全世界最乱来的地方。

学院让他去争取博士点,而这年头,所谓争取博士点,注重的是功夫在诗外,学术水平是要的,更要的还是当二奶的能力,陪吃陪喝。 那是真正的行为艺术。 等到博士点终于申请到了,一个学院长长短短的教授就都鸡犬升天了。他玩不了，告老还乡。

这就是眼下的世界，所以，肯德基弄点有毒的鸡翅鸡腿给中国人吃吃，老百姓也不会到美领馆去抗议，真是没啥。

遇见
MEET

这 些 年

搬完家，最艰巨的事就是理书。每天理几本，理着理着，发现了老公写给昔日恋人的一页情书草稿。

是八十年代的典型情书，不说爱，谈思想。天空大地先铺垫一番，大教室的讲座评述一大段，点睛的话必然在结尾，带着点豁出去的意思，"要是你在就好了"，好像淡淡的，其实已经改过三稿，从"我爱你""想念你"一直改到"你在就好"，八十年代的男生写情书，还没有短兵相接的勇气。

第四辑

THE FOURTH EDITION

纸张已经发黄，字迹开始涣散，弹指十五年了。我们刚结婚的时候，他还是个大男孩，没有啤酒肚，找不出白头发，有用不完的力气，动不动就说，走，走到淮海路去。这些年过去，他脸庞柔和了，脾气柔和了，梦想也柔和了。

突然的伤感袭上心头，不知道在他的梦里，是不是还有"那个爱哭的女孩"，不知道他是不是还惦记毕业列车送走的"长头发姑娘"。这些年过去，我已经忘了他也有过魂不守舍的青春，有过泥足深陷的春天，忘记了他的红色恋人其实就住在隔几条街的高楼里。

这些年过去，我们不再彼此嫉妒曾经的心跳，我们忙着生活，忙着把孩子带大，忙啊忙，忙啊忙，每天嚷嚷累，上床前就睡着了，地铁里也打瞌睡，每天最大的心愿，就是睡觉，睡觉，睡觉。

然后，黄昏有电话来，大学的一个同窗再也醒不过来了。突然意识到，死亡开始盯我们的梢了，岁月已经把我们推入中年，我以前最看不惯的"中年妇女"四个大字砸到自己头上了。于是，慌慌张张地组织同学聚会，再不聚会就聚不齐了！

这些年，你们都在干什么？没有人实现了梦想，没有人说我很开心，一起唱罗大佑的时候，人人都低迷："爱情这东西我明白，但永远是什么，姑娘你别哭泣，我俩还在一起，今天的欢

遇见
MEET

乐将是明天创痛的回忆，啦，亲爱的莫再说你我永远不分离……"

分手的时候，我们互相拥抱，多愁善感的同学就说，不知道还有没有下一次。车灯一辆辆亮起，一辆辆远去，心头有些什么东西堵在那里，但不去想它了，赶紧洗洗睡吧，明天还有会要开有差要出还要送孩子上托儿所，赶紧洗洗睡吧。

可是睡不着，想起爱伦·坡的小说，有一个男人，突然心神不宁，便离家出走。他走了很多年，他的妻子成了寡妇，孩子成了孤儿，这一切，他都看在眼里，因为他其实并没走远，就在邻街，只是再没有勇气回家了。

差不多一样的一个故事，在巴西作家若昂·罗萨的小说《河的第三条岸》中，是这样讲的，一个本分的父亲突然订购了一条小船，然后开始了他在河上漂浮的岁月。其实父亲哪里也没去，就在家附近的河里划来划去，但是他从不上岸。很多年过去了，姐姐、哥哥和母亲忍受不了父亲带来的屈辱，先后走了，除了"我"，"我"等着爸爸。终于有一天，"我"看见了他，向他呼唤："回来吧！"父亲挥动船桨向"我"划过来，但于刹那间，"我"突然浑身战栗起来，逃掉了。

迷迷糊糊的，仿佛自己成了那个出走的男人，多么想回到过去，但是永远回不去了。或者说，即便现在我有勇气挥动船桨

第四辑

回家去,已经没有时空会接纳我了,因为河的第三条岸从来没有存在过。

转过身,老公已经睡熟,想起他改了又改的"你在就好",安心了。

遇见
MEET

永远和三秒半

一

马可·波罗到中国来，跟忽必烈汗讲起世界上的很多城市，最后他说他已经把自己所知道的城市都讲了。可汗于是问起威尼斯，问他为什么一直不曾讲到他的故乡。马可笑了，说他在讲述其他的城市时，他其实就在讲威尼斯，但是，他从来不敢提

第四辑
THE FOURTH EDITION

及"威尼斯"这个词,怕因此失去她。

经常有朋友问我最喜欢的男演员是谁,我说我喜欢尚皮耶·李奥喜欢马斯特洛亚尼喜欢让－路易·楚汀南,朋友说啊你喜欢的都是欧洲人,这时候我总想起那个不敢谈起"威尼斯"的马可·波罗。 我想说,我最喜欢的其实是一个美国演员,但是,亨弗莱·鲍嘉(Humphrey Bogart)的名字不是可以随便说出口的。 再说,把他当"威尼斯"的人太多太多了。 亚马逊网站曾经对八百万影迷做了调查,发现世界上最理想的电影应该由鲍嘉主演,这部影片的题目是《目标:猎户星座》,鲍嘉扮演一个黑手党,他和他的情妇驾驶飞船前往猎户星座,后面是罗伯特·德尼罗和玛丽莲·梦露的飞船穷追不舍。

一年又一年,只有死亡可以带走鲍嘉的影迷们,他们打扮得像山姆·斯贝德一样的去欣赏《马耳他之鹰》(*The Maltese Falcon*, 1941),吹着口哨去看《逃亡》(*To Have and Have Not*, 1944),斜叼着香烟去复习《夜长梦多》(*The Big Sleep*, 1946),他们不知道如何表达对鲍嘉的无限热爱,他们背他的台词,学他的姿势,穿他的衣服,爱他的女人。 1964年的鲍嘉回顾展,无数影迷一起观看了《卡萨布兰卡》(*Casablanca*, 1943),从头至尾,鲍嘉的台词是所有的人一齐念的:"世界上有那么多城市那么多酒吧,可是你为什么偏偏走进了我的?""来

遇见
MEET

吧,开枪吧,你这是在帮我呢。""你不知道,昨天晚上,当你在……时,她在我那儿。 她是去要通行证的。 是吗,伊尔莎?""她用尽一切办法要得到通行证,却没有用。 她尽量使我相信她还是爱我的。 但那是很久以前的事了。 为了你,她假装若无其事,就让她装下去吧……"

世界上有那么多演员,为什么我们都偏偏喜欢鲍嘉?

安德烈·巴赞(André Bazin)曾经在《亨弗莱·鲍嘉之死》这篇文章中说,詹姆斯·迪恩(James Dean)的死曾经让二十岁以下的女性悲痛欲绝,但是亨弗莱·鲍嘉的死,却伤心了这些女孩子的父母和长兄,或者说,鲍嘉的死让男人们哀恸。 因为在好莱坞,只有鲍嘉是代表他们活着的,他从来不在银幕上发出什么豪言壮语,他只说:"已经坏到底了,不会再坏了。"他说台词的方式是没有人能够模仿的:嘴角很轻微地牵动,下巴几乎是不动的,然后他露出完全无法捉摸的一丝微笑。 罗伯特·兰查内(Robert Lachenay)说,鲍嘉的这丝微笑是如此高深莫测,只能说那是"死亡之笑",同时,他的表情里有一种让男人都无法招架的忧伤,接着他就随着这丝微笑淡出人间。 因此,在鲍嘉主演的多数片子里,影片的时间和气氛总是黑夜,黑夜,漫漫黑夜。

第四辑
THE FOURTH EDITION

二

好莱坞为了增加鲍嘉的传奇，曾经为他捏造了一个生日，说他是 1899 年圣诞节生的，但是这个生日实在不怎么适合鲍嘉。他虽然出生于纽约的中产阶级家庭，但是却没有继承父亲的衣钵去当医生，在耶鲁读预科时，因为违反校规被逐。不久，一战的炮火让他找到了发泄精力的地方，他参加了美国海军，而战争也为他日后的演技准备了条件：他的上唇光荣负伤，后来，他绷着嘴唇，不动声色吐出台词的方式反而被认为是一种"男人的方式"。战争结束后，鲍嘉在剧院混了个工作，也演过一些小角色，但是一直要到 1935 年，因为在好莱坞主演了《发呆的森林》（*Petrified Forest*）一片，他才找到了自己的银幕形象：匪徒。在接着的五年间，他一口气演了二十八部影片，演的不是盗匪，就是流氓。然后二战降临了，战争再一次为他的演艺生涯创造了条件。

二战让好莱坞的西部电影退潮，有关间谍、侦探、战争的剧本开始被各影片公司的大导演们看好。1941 年，约翰·豪斯敦（John Huston）筹拍，据硬汉侦探的开山鼻祖汉密特（Dashiell Hammett）的小说改编的《马耳他之鹰》。第二年，制片人哈

遇见
MEET

尔·沃利斯（Hal B. Wallis）和导演迈克尔·柯蒂斯（Michael Curtiz）开拍《卡萨布兰卡》，鲍嘉出演了这两部影片，两年时间，他征服了全世界。 他本人日后还进入了美国的邮票，詹姆斯·迪恩、玛丽莲·梦露和希区柯克是好莱坞生产的另外三枚邮票。 在这两部影片的片尾，"因为法则"，鲍嘉都把亲爱的女人送走了，他寂静的悲伤让所有的人心碎，但这种至高无上的心碎同时也抚慰了所有人。

1957 年，鲍嘉死于食道癌和成千上万瓶威士忌。 四十多年了，银幕上没有出现过可以代替他的人，唯一可以安慰我们的是，鲍嘉永远在那里：忠诚，镇定，完美。 1972 年，伍迪·艾伦（Woody Allen）曾经自编自演了一部电影叫《再弹一遍，山姆》（*Play It Again, Sam*），里面的主人公阿伦是个天生的鲍嘉迷，他用尽一切可能模仿鲍嘉，但总觉得自己没有鲍嘉的"冷漠"。 终于有一天，阿伦在一个幽暗的酒吧见到了鲍嘉，鲍嘉穿着《卡萨布兰卡》中那件著名的双排扣风雨衣，在一个角落里吸烟。 以后每次，当阿伦失去爱的勇气或退缩的时候，鲍嘉都会跳出来安慰他。 后来，阿伦爱上了好友迪克的妻子琳达。 最后的场面是，在大雾弥漫的跑道上，两男一女都是双排扣风雨衣，阿伦意识到这是他最接近《卡萨布兰卡》结尾的时刻，他向迪克承认自己爱上了琳达，并毅然命令琳达和迪克登上飞机。 伍迪·艾伦在影片中夸张了《卡萨布兰卡》中的一些细节，对影迷的痴情也做了温柔的嘲讽，片尾是鲍嘉和阿伦在浓雾中道别，暗示了影迷的长大。这是伍迪·艾伦的早期作品，十多年后，他的《开罗紫玫瑰》将把这个题材处理得更加细腻也更加完美。

三

世界人民用各种方式向亲爱的鲍嘉致敬，学院里研究鲍嘉的人早已不计其数。在他生前，曾经有人很认真地去采访他，就他的演技提了各种问题，但是鲍嘉喝一口威士忌，笑笑说："我只有两种演技，抽烟的，和不抽烟的。"接吻的时候，拥抱的时候，他不抽烟；打人的时候，拔枪的时候，他不抽烟；其余时候，他右边的嘴角叼一支香烟，这支烟是经常叼着的，因为鲍嘉并不经常和女人在一起，他也很少用枪。

其实，"像鲍嘉那样抽烟"是所有电影人的梦想，但基本上，他在好莱坞没有传人，他最好的两个接班人一个在法国，一个在香港。戈达尔（Jean-Luc Godard）是鲍嘉的影迷，贝尔蒙多（Jean-Paul Belmondo）也是，因此，在戈达尔筹拍《断了气》（àbout de souffle，1959）时，他没有一点犹豫地就选中了贝尔蒙多。没有什么，因为贝尔蒙多像鲍嘉那样抽烟：叼在嘴角的烟

遇见
MEET

似乎随时会掉下来，长长一截烟灰令人担心地在空气中颤抖，但是贝尔蒙多一点也不在意，他让那截烟灰在空气中生长，生长到令观众心神不安的地步。然后，他轻描淡写地取下香烟，右手的食指轻弹一下，又叼上了。戈达尔筹拍《断了气》的时候，正是鲍嘉去世不久，在这部影片中，他让我们到处见到鲍嘉的电影海报，在象征的意义上，这部新浪潮经典表达的是戈达尔对鲍嘉的无限敬意和无限哀悼：鲍嘉走了，电影断了气！

鲍嘉的另一对大影迷是吴宇森和周润发，虽然在"微笑"和"子弹"上，东方的大导演和大明星很不知道"节制"是什么；但是，周润发抽烟的姿态绝对证明了他的鲍嘉血统：他的烟仿佛一支小手枪，在他的嘴角一抖一抖的，烟一缕一缕地在空气中上升，他中弹的身体在慢慢失血，但是烟灰一直凝聚在香烟上，没有飘散。

也许就是因为鲍嘉的这支烟，新浪潮的大师们都认为鲍嘉是一个"现代"演员：他像那一截烟灰一样，不英俊，不乐观，也没有前途，但表达了一种内敛的精神，不崩溃的尊严和不狼狈的痛楚。基本上，借着抽烟的鲍嘉，美国电影的小说化时代开始降临：二战开始，战前的梦被打断了，加里·古柏（Gary Cooper）神一样驰骋的西部似乎过于乐观了，观众更向往坚强但人性的角色。这时候，抽着烟的亨弗莱·鲍嘉出场了，几乎是

第四辑
THE FOURTH EDITION

中年的他对一切都不再兴兴头头，也不再轻易地相信任何人，他的智慧和他的疑虑是等量的，但是每一次，他都被自己的同情心所连累，《马耳他之鹰》中的山姆·斯贝德也好，《夜长梦多》中的菲力普·马洛也好，他的智慧总是受到"人性"和"男人性"的挑战。 所以，当他牙齿流血、肠胃翻腾但镇静地驾驶着"非洲女皇号"（African Queen, 1952）把凯瑟琳·赫本（Catharine Hepburn）护送到港口时，世故的奥斯卡终于向他低下头，送上了小金人。 这是奥斯卡的荣誉，鲍嘉为好莱坞重新定义"男人"的时候，欧洲电影人也对美国电影刮目相看，戈达尔因此感叹："谁知道呢，也许是鲍嘉的出现，启动了我们的新浪潮！"

四

鲍嘉成名时候，已经不年轻了，度过了大半的人生，还有过三次婚姻，但那只是这部经典的美国小说的开头部分。 1944年1月20日，等到他在霍华德·霍克斯（Howard Hawks）的镜头前碰上洛兰·白考儿（Lauren Bacall），鲍嘉的故事才算开始。

在进入《逃亡》的摄影棚前，白考儿是《哈泼氏》（Harper's Bazaar）的封面模特，她的美丽和她低沉的嗓音一样，是无与伦比的。 鲍嘉说："人人都会爱上她。"导演霍克斯也是看了她的

遇见
MEET

照片记住她的,他向他的秘书打听这个"红酒一样"的年轻女郎,斯坦弗妮·布恺(Stephane Bouquet)说:"是这个秘书改变了白考儿的人生,因为霍克斯本来不过是打听一下这个封面模特,但是秘书却把这个女郎从纽约叫到了好莱坞。"她一到好莱坞,就去参加霍克斯的周末聚会,她是如此之美,没有人可以抗拒她。 二十岁不到的白考儿就这样非常轻松地到了好莱坞,站在当时最好的导演面前,即将和世界上最好的演员一起,出演一部以海明威的原著改编的电影。

《卡萨布兰卡》中有一个细节,雷诺中尉看到里克很关心伊尔莎,很奇怪地问:"不是说你从来不在乎什么女人的吗?"里克说:"她可不是'什么女人'。"里克的这句台词隔了两年,终于让鲍嘉在生活中用到了:"白考儿可不是'什么女人'!"她年轻,优雅,非常聪明,非常美,她走进摄影棚,就像英格丽·褒曼(Ingrid Bergman)走进里克酒店,所有的人都因为她的美貌向她致敬:"小姐,你是这个地方历史上接待过的最美丽女人。"二十岁的白考儿可能是霍克斯的摄影机最喜欢的女人,"胶卷里的白考儿在任何光影里任何角度下都美,美不胜收!"白考儿走进摄影棚,她目光低垂,嗓音沙哑,他们相遇的激情不仅重新改编了《逃亡》的剧本,"霍克斯很快就明白电影的真正主题不是来自海明威,而是真实呈现在眼前的撼人心魂的爱情";而且使鲍嘉不再是 1944 年之前那个"禁欲主义者","他突然让人感到他是个性感的男人"。

然后是他们十三年的婚姻，好莱坞用尽了所有的词汇来赞美这一对年龄相差二十五岁的情侣，虽然，在白考儿后来的回忆录中，她也提到了鲍嘉的酗酒，鲍嘉的脾气和眼泪，但这些都只能增加影迷们对鲍嘉的爱，就像格利高利·派克嫉妒地开玩笑说的："你以为你是亨弗莱·鲍嘉吗？在好莱坞，只有他可以一边犯错误，一边受表扬。"

美国很多电影学院曾经对《卡萨布兰卡》中的一个"三秒半钟"发出过很多问卷，问题是：在这部电影演到四分之三的时间时，伊尔莎到里克那里去为丈夫要通行证，里克不给，她拔出了枪，但同时她自己却崩溃了，说"如果你知道当时我有多爱你，现在我就有多爱你"。她说这个话的时候，他们紧紧地拥抱在一起，银幕上接着的三秒半时间是另一个画面：黑夜中的机场，探照灯……然后，画面转回到里克的房间。请问，在这三秒半的时间里，你认为里克和伊尔莎做了什么？

很多人说他们有了"性"，也有很多人不同意。我觉得，1944 年之前的这个"三秒半"里是没有"性"的；但是，1944 年之后，在他碰到白考儿之后，可能会有性，当然，还有爱情。

遇见
MEET

例　外

一、引论

1960年,大岛渚写下《文字》,说到"作者的衰弱",他有这样的话——

戈达尔的《断了气》暗示出的很有意思的一点是:作者很

明显不希望一生都靠做导演来吃饭生活,电影从头至尾都传达了导演的这个强烈的主观愿望。

接下来,大岛就感叹:"那些可怜的日本导演,可怜的电影界人士不能让自己有这个意识。他们不能不考虑这份工作的稳定性与长久性。"这种感叹,"作者很明显不希望一生都靠做导演来吃饭生活",在1960年全球性的"新浪潮"语境里讲,可以说是自然而然,因为"新浪潮"显然把最动荡的精神注入了电影,而且,大岛渚对戈达尔的分析,完全可以说是夫子自道。

不过,时间已经偷换了很多概念,今天的情况是,"希望一生都靠做导演来吃饭生活"成了更重要更艰难的命题,大岛渚当年提到的"那些可怜的日本导演",放置到当下的电影界,就该是令人尊敬的日本导演了,而在所有这些当年"可怜"今天"可敬"的导演中,小津无疑标示着电影世界最纯粹最基本的意志。

而在小津这边,他一直就对日本新浪潮诸将不满,在他病倒前,有一次宴会中他抓住后辈导演吉田喜重,一顿乱骂。据吉田记述,当时小津反复说:"我和你的电影水火不容!""电影导演是什么,不过是披着草包,在桥下拉客的妓女!"吉田回忆:"小津先生醉得迷迷糊糊,不住地摇晃着魁梧的身躯。我一方面切实地感到这个人具有肉体,同时又痛感到自己早已抛弃了适于作娼妓的肉体。"

小津为什么要把电影导演说成妓女呢？吉田认为，小津说自己是拉客的妓女，是从反面表露他的自尊心。当然，联系波德莱尔把作家看成妓女的说法，我们也可以在对比中强调小津的现代面向。不过，我倒是更愿意从小津当时身内身外的绝望状态来看他的这个比喻，到1962年，他的各种声名步入低谷，电影排名很不如意，连续两年位列松竹年度倒数第二，电影导演不再是可以袖手金钱的艺术家，现在的导演毋宁说是筹钱的。因此，"导演就是妓女"这种自我贬损的说法，表达的就是对江河日下的大制片厂的一种痛心疾首，同时也呼应越来越明显的电影中的金钱意识形态。

所以，小津自比妓女完全是愤激之词，不像波德莱尔是一种现代透视，而小津一生所为，恰是为了反击"导演就是妓女"。电影史上，不曾有导演像他那样把电影看得如此尊崇，也从来没有更受摄影机礼遇的演员。几乎是单枪匹马，小津为电影这个行业规范了最质朴也最高贵的礼仪，虽然，这种行为在左翼电影如火如荼的岁月曾经被批判为保守。

小津的拥趸很多，小津的批评者也很多，著名导演今村昌平就是一个。今村进入松竹时，松竹用的是学徒制，新人分配进入当时的七个导演组当"副导"。当时，年轻影人都渴望能进入木下组，觉得木下惠介才是真正的电影大师。电影厂为了搞平衡，让年轻人猜拳，今村后来说："我是猜拳输掉，才到小津组拍片的。"今村成了小津的第五副导后，每月收入仅够六十碗阳春面，因为这样的收入差异吧，今村对底层特别敏感，也对小津老拍中产阶级越来越不满。在采访中，今村这样说："对于我们这些在黑市长大的人来说，根本没有见过小津电影里的家庭。要说榻榻米，我们也只是看过黑市中那些又小又脏的而已。"因此，今村曾经激烈地批判小津拍出的那些白白净净又高雅又尊严的日本客厅，"读红色书，用黑色货，看白色电影"的今村在跟拍了三部电影后也离开了松竹，甚至由此对电影都产生了怀疑："是否只有丧失情感的人种，才能成为导演？"

今村后来拍的一系列情感浓烈的电影这里不谈了，本文要问的是，今村对小津的指责成立吗？小津战后对中产阶级的反复描写就是一种腐朽吗？

很显然，小津从来不是一个左翼电影人，他早期作品中的批判现实主义也绝对不是我们所熟悉的《桃李劫》或《十字街头》这样线条锋凌的唱腔；相反，我们常常发现，为了幽默，他牺牲了很多批判性，让小津念兹在兹的不是残酷的现实，而是面对现实保持的尊严和体面。另外一方面，战前他拍摄的大量底层电影，常常强调的是街坊之间的大家庭感觉，小孩互相出入，大人

遇见
MEET

借油借醋，但这个底层在战后迅速失去了昔日的亲近，而他所需要的人口有层次的家庭只有在中产阶层才能看到了。如此，中产阶级几乎成了帝国的最后象征，没有金钱问题只有吃饭喝酒的场面于是全面取代战前的烦恼，成了小津战后电影的全部题材，所以对小津的批评光就内容来说，绝对成立；但是，批评无法解释小津的无限动人，无法解释我们在看小津电影中普遍感受到的温暖。

不夸张地说，小津电影展现了保守主义最好的一面，用佐藤忠男的《小津安二郎的艺术》结尾的话说："一般来说，保守主义往往狐假虎威，走向反动，可是，小津自始至终探索人类的软弱，这是罕见的例外。"本文就试图说明小津的这点例外。

二、最根本的东西

小津的最好研究者佐藤忠男所总结的小津电影美学这里不重复了，事实上，看过任何一部小津电影，尤其是他的那些中晚期作品，都会对小津美学有所感触。他的固定机位。他的相似形构图。他的摄影速度。当然，也有人看不惯，比如小津的好几任副导演都抱怨，跟着小津学不了什么。不过，每一个回忆他的人都提到一点，小津就是那种天然要把一生和电影联系在一起的人，而这就是他的最大电影理念。至于他反反复复用同一部电影叩问的，一直是最根本的东西。

这"最根本的东西"，在小津的电影中，就是两代人的关系。不过，以日本侵华战争为分界线，小津战前的电影表现的常常是父亲和儿子，战后却钟爱以父亲和女儿为题材。为什么"儿子"换成"女儿"呢？小津研究专家很多持这种说法，认为小津的"父子情"概念源于他早年对美国电影的热爱，这个说法有根有据，而且至今看来，好莱坞表现得最动人的感情常常就是父子情。但问题的关键是，为什么战后的小津要转向表现"父女情"呢？

其实，小津一直有一个观点，有母亲有儿子的家庭是家，有父亲有女儿的家庭也是家，光父亲和儿子就不算家，这种观点在电影《东京之宿》中表达得特别明显。板本武带着两个儿子流落东京，如果吃饭就没钱住宿，如果住宿就没钱吃饭，野地里爷仨看到同是天涯沦落人的冈田嘉子和她的女儿，虽然对方的状况其实更悲惨，但板本武和儿子都羡慕对方，影片也表现得很明显，有妈妈有女儿就是家，没女人的家庭不像家。家庭的崩溃一直是小津最关心的命题，只是这个问题在战前表现得还不是那么突出，在战后就成了最为核心的问题，而表现家庭崩溃，以小津的观点，父女关系显然要比父子关系更具有说服力。

遇见
MEET

沿着这一思路，小津的人物越来越从社会关系中脱离出来，虽然战后电影的主人公常常还是公司高层，但笠智众也好，佐分利信也好，老板经理这些头衔从来只是身份标志，表达的是他们可以不用操心柴米油盐，而他们操心什么呢？女儿的出嫁。女儿走了，鳏夫父亲的家也就没有意义了。反反复复用同一个题材，同一批演员拍摄，小津的电影从战前到战后，人物变得更纯粹，事件则更单纯。就像佐藤忠男说的："作品内容越是没有称得起故事的故事，越是没有像样的戏剧因素的表现，它本身就越纯粹。"而在拍摄技术上，于无声电影时代所不得已采用的一些技术，小津自觉地在有声电影时代继续使用，而且发展到风格的境地：不移拍，不摇拍，没有渐隐渐显，不叠印，不特写，一段的开头一定有风景，然后人物出场，人物一定朝摄影机说话，不乱动。基本上，在有声片时代，他完美了无声片的形式。

关于小津坚持的这种单纯或纯粹，有一个例子可以说明。1932年，小津拍摄了《我出生了，但……》，1959年，他重拍了这个题材，取名《早安》。在这两部电影中，分别有一个令人难忘的噱头，它们也是经常被比较的两个噱头，而且电影界一般也都认同早期的这个噱头更有价值。

《我出生了，但……》中的噱头是这样的：一群孩子中的发号施令者，一旦竖起他的两根手指，那么被施令的孩子就该

第四辑

"嘿,倒地!"。 这个噱头尤其得到左派影人的赞美,觉得它隐喻了成人世界的关系,尤其是电影中最后被施令的那个孩子,他的父亲是个老板,在现实世界中可以把施令孩子的父亲变成小丑。 相反,《早安》中的噱头好像没有什么意义,它是小学生中的一个荒唐念头,认为只要坚持吃滑石粉,那么就能随意控制放屁。 很多影评人认为这个噱头只是滑稽的风俗写生,而且多少有些胡闹的性质。 不过,从《早安》中的一个题旨看,小孩攻击大人每天说的那些"你好""天气真好"也就是屁话,我们倒也不能说这个噱头就纯属无稽。 而且,如果从小津追求"纯粹"来说,"放屁"这样的插曲真是不能再单纯了。

而这种几乎是天真的纯粹,在我看来,构成了小津电影最明亮的部分。《晚春》是小津电影中特别令人感到生之无奈的一部,但影片却时时令人莞尔。 比如其中一段,笠智众和妹妹村杉春子商量原节子的婚事,因为对方叫佐竹熊太郎,俩人有这样一段非常认真的对话——

村杉:嗯,熊太郎……

笠:叫熊太郎不是挺好吗? 雄赳赳的……

村杉:可是,叫什么熊太郎,这儿(指着胸脯)好像毛茸茸的。年轻人对这种事可在乎啦。而且嫁过去的是小纪吧? 那

遇见
MEET

么我怎么称呼他好呢？叫他熊太郎嘛，简直像叫山贼似的，叫他阿熊吧，又像是喊蔬菜店的伙计，可是又不能叫他小熊呀！

笠：是啊，可是总得想办法称呼他。

村杉：可不，所以我想管他叫熊哥……

村杉春子在小津电影中没演过几次让人喜爱的角色，她的出场，总带着点爱占人小便宜的色彩；但是，连她这种角色个性算得上刻薄的人，小津还是会赋予她一点"天真"，也因此，小津电影中的人物，大人也好，小孩也好，一律都有着天籁气。《长屋绅士录》里，装鬼脸吓唬孩子的饭田蝶子多么天真！《小早川家的秋天》，死在情人家中的老头子中村雁治郎多么天真！《秋刀鱼之味》里，为了想买高尔夫球杆和妻子赌气的佐田启二多么天真！《麦秋》里，瞒着孩子，跟嫂子一起偷偷吃草莓蛋糕的原节子多么天真！相比之下，孩子两次三番对着大爷爷大叫"混蛋"，想弄清楚他是不是耳聋，也不显得是恶作剧。

值得注意的是，小津电影中的这些淘气场面，基本上都被组织进日本家庭的内部关系。而且，越是大家庭，人物的任性空间越大，而像《早春》这样的核心家庭，池部良和淡岛千景之间就匮乏幽默和天真的空间。所以，通过表现老幼各自的天真和撒娇，小津其实缅怀了曾经存在于日本大家庭中的包容性和彼此的依恋感。不过，这种被日本家庭和人际关系所充分养育的互相依恋彼此包容的情感，因为小津的克制，没有一点朝自我怜悯或变态发展的迹象，而且，就算是彼此的伤害，也能在大家庭的日常伦理中得到化解。

《早春》里的核心家庭出了问题，年轻丈夫和妻子都烦躁，丈夫被冗长乏味的生活禁锢着，唯一的调剂就是和同事打麻将，去小酒馆喝点酒，甚至，被美丽的单身女同事爱上后，一夜婚外情带来的是更深的孤独；妻子的心也冷，丈夫连亡儿的祭日都忘了，于是，她来到母亲家，但母亲却是平平淡淡地劝她说："你爹的祭日我也不记得了。"日本乃至世界电影界，崇拜小津模仿小津的可谓不少，但小津的这种节制和达观却鲜有传人，一个原因的确是，小津时代的大家庭完全崩溃了。

小津死后，桃色电影在日本泛滥，一度占到日本电影百分之六十的份额。说起来，桃色电影的很多桃色关系也就是从小津时代的人际关系发展而来，只是榻榻米不再是清洁的地方；而另外一面，随着大家庭解体，爱人之间发展不出可以那样撒娇任性的天地，所以一旦过分地期待对方的善意，当期待落空时心灵上就收到过分的创伤，银幕上于是涌现大量的爱恨情仇，而且都是调子高亢，八九十年代这一路人才辈出，原一男、渡边文树都是，这里不作详论。不过，我想说明的是，一般的电影史家都

遇见
MEET

倾向于把小津作为一个时代的终结,不太愿意把他和后代导演进行勾连,但看周防正行的电影,比如 1983 年的《变态家族之哥哥的新娘》,我们还是能在这部彻底模仿小津(也有人认为是恶搞小津)的作品中,看到小津在后代电影中的各种变异和各种可能性或不可能性。

其实,小津电影中那种家庭关系,还是在很多电影时刻中可以被辨认出来,甚至,黑帮片中的那些江湖浪人,那种无须语言的肝胆两相照,多多少少都和日本民族内在的精神需求有汇流之处。 电影史都说,东京电影和京都电影发展出了完全不同的轨迹,但我认为,从小津到后小津的变奏,应该可以看到东京电影和京都电影的共同精神源泉,其中珍藏着日本电影最根本的精神诉求。 而这种根本诉求,小津的表达方式简单之极也隆重之极:认真吃认真喝。

极端点说,"喝酒吃饭"就是小津电影的唯一情节,他的很多电影剧照,有一大半倒是吃饭喝酒的场面,比如,《东京暮色》是明子对着一杯酒;《小早川家的秋天》是一家人围着饭桌;《茶泡饭之味》是夫妻俩端着碗;《秋刀鱼之味》是父亲端着酒杯,反正,好好吃! 好好喝!《宗方姐妹》中,姐姐节子经营的小酒吧墙上引的堂吉诃德名言:I drink upon occasion, sometimes upon no occasions.有事喝酒,没事也喝酒,小津电影中最温

第四辑
THE FOURTH EDITION

暖和最凄楚的场面，都是喝酒。饭店老板娘永远是胖胖的，酒吧老板娘则有些风尘味，但都是亲人。而且，吃饭喝酒，就像张爱玲小说中的电影一样，是一种道德标准。认真吃认真喝的，都是小津倾注感情的人。《长屋绅士录》中，表现饭田蝶子对捡来的孩子涌起母性时，就是让她把一个饭团递给他吃；而《早安》中离家出走的孩子，带走家里的一锅饭一壶水在长堤上吃得津津有味，小津此时的镜头简直可以说是浪漫。所以，在《我出生了，但……》中看到一个镜头，一群孩子中最稚龄的一个，背负一块牌子，上面写着"不要给他东西吃，他会拉肚子"，笑过之后，真是替这个孩子感到生之促狭。也因为这个原因吧，回顾和小津在一起的日子，当年的摄影师非常遗憾地说，可惜我不会喝酒，否则和导演会更亲近。说起来，不光小津，日本导演都喜欢用吃饭场面表达家人之间的爱。相反，1960年木下惠介的《愿君如野菊》中，大家冷冷用餐，观众一眼就能看出家庭出问题了；相同的，《户田家兄妹》没有吃成的团圆饭，也是因为家庭成员不再相亲相爱了。而电影《茶泡饭之味》，整个就是用吃饭通约道德这个逻辑完成的，木暮实千代在电影开始的时候，看不起丈夫用茶泡饭的乡土方式，所以俩人从来没有一起吃过一顿像样的晚餐。最后，做妻子的意识到了丈夫的好，小津就让木暮实千代为丈夫佐分利信做饭，而且一起吃饭来表达她的品德完成。

也因此,日本电影中吃饭喝酒的欢乐场面,常常让我想到,这真的是世界上最好的美食宣传。一边吃饭喝酒,一边完成精神修炼。

三、光晕的表达

说起来,小津电影真是没什么故事,反反复复他就拍一部电影,而且越到后期,他的电影方程式越简单:吃饭、喝酒、嫁女,那么,让我们对情节如此简单的电影感到心醉神迷的到底是什么呢?

本雅明关于光晕(AURA)的说法很适合用来解释小津的魅力。1958年,小津完成了第一部彩色电影《彼岸花》。佐藤忠男说:"大多数人因为他的黑白画面构成过于完美无疵,所以估计不出他拍彩色作品时将使用什么色彩。只是,模模糊糊地预想到,既然他是以堪称素雅之极致的黑白影像作者,那么彩色片肯定也是极其朴素淡雅,其实不然,《彼岸花》色彩极其华丽明亮。"

的确,在《彼岸花》问世前,很难想象小津的彩色电影会以红和黄唱主角。

第四辑
THE FOURTH EDITION

到处是原色的红和原色的黄,深红水壶,红色外壳的收音机,临时演员或穿红色西装或穿黄色西装,而且,自从拍彩色片以后,仅仅为了在画面的某处放上红色这一意图,红色水壶便常常出现在画面中。重拍《浮草物语》时,有一段插曲很有名,小津把红色水壶放入布景,摄影师宫川一夫就把它拿开;如此三个回合,后来摄影师说明:如果把红色水壶放在那里,就非得另外给它打光不可,否则就不会出现鲜艳的红色,然而要给它打了光就会给整体配光平衡带来困难。

从这把被三次拿开的红色水壶可以看出,红色在小津电影中的分量,它不是随便的颜色,它的出场是隆重的,需要特别打光。而在小津片场受到特殊礼遇的红色,在2002年的同名重拍片《东京物语》中,虽然也得到了导演的强调,却完全失去了当年光晕,不仅因为在艺术作品的可复制时代,枯萎了"艺术作品的氛围"和"此地此刻"的"独一无二的显现"。而且,凋零了它早年的"膜拜功能"后,"红色"本质也发生了改变,消失了的距离和时间让现在的"红色"最多成为原教旨,却再也无法突破复制的概念变成灵光。这一点,在温德斯拍摄的《寻找小津》中变得尤其无奈。

二十世纪八十年代中期,挚爱小津的温德斯来到东京,希图在这个城市的角角落落寻找到大师当年的足迹或灵感。在这部

遇见
MEET

日记体的纪录片中,温德斯非常用心地几次试图重新复苏小津当年的红色和黄色,尤其是小津墓前一红一黄的两个水桶,用光特别饱满,而且排除了八十年代东京的尘尘嚣嚣,但是,就像温德斯镜头里的笠智众让我们感到不满足,小津的红与黄也只能在当年电影中得到祭奠,并且随岁月流逝所有复制的可能。

关于小津的彩色电影,经常被讨论的问题是,小津为什么钟情"红"与"黄"来表达主要情绪? 一个方便又偷懒的回答是,作为一个最具原点性质的导演,小津选择原色也不过是自然而然。 不过,回到小津的电影中看这些红色和黄色,我们会发现,对原色的使用,其实是包容在小津整个的生命和电影理念中的。

小津的红色总是随时随地出现,在日常生活中出现,在结婚场面里出现,也在送葬场面中出现。 比如,《小早川家的秋天》里,送葬队伍过浮桥,桥墩特意闪出两团红色。 而这里,我觉得包含了小津一以贯之的情感温度,温暖的颜色既可以表达生也无妨表达死。 因此,他跟也爱用红色的安东尼奥尼是截然不同的,安东尼奥尼的《红色沙漠》用了大量人工油漆造成一种工业冰冷的效果,是故意用红色表达反差,用人群造成寂寞。 不,小津不是这样,红色和黄色之所以能在他的影片中成为光晕的表达,就在于这些颜色在小津的镜头里,具有强烈的本真性,而当

第四辑
THE FOURTH EDITION

时和后人对小津彩色电影主调的种种"悲情"想法，其实就跟本雅明所描述的1880年后的摄影师一样。

1880年后的摄影师们努力模仿灵晕，通过各种各样的修饰和润色艺术，特别是所谓的胶印法。他们靠提高照明度来排斥黑暗，却消灭了图像中的灵晕；同样，日益显著的帝国主义化的资产阶级的蜕化变质也从现实中驱逐了灵晕。因此，一种灰暗的调子就打着艺术的幌子成为时尚，就像"青春风格"展示的那样。虽说采用的是昏暗的光线，姿势的摆放却日渐刻意：这种僵硬的表现形式充分说明，这一代摄影家在面对机械技术发展时是软弱无能的。

用本雅明的这个说法来看当代电影，我们因此很能阅读出那些"灰暗的调子"所表达的初衷，而在这层层的"灰暗"中，小津的红与黄既隆重又朴素地出场，我们所有的情绪因之被重新调整。同一个原理操作的，是《东京物语》的结尾。

东山千荣子扮演的妈妈凌晨三点死了，早晨的时候，原节子扮演的二儿媳去找爸爸笠智众，笠站在一块可以俯瞰大海和市区的平地上，对原节子说："啊，多么美丽的早晨啊！"然后一个空镜。艳阳。好景。船只。灯笼。真正的生生不息。

如果把这样一个段落理解为用反差表现悲情，那真是辜负小津。相似的，在《东京之宿》中，爷仨选择了吃饱肚子然后去睡

遇见
MEET

防空洞，但吃饭的时候，却下起了大雨。这样一个颇具左翼色彩的题材，在无数的中外电影中呈现过，但小津的处理却颇为不同，板本武和两个孩子的遭遇值得同情，但我们知道，这就是人生，没有必要为他们哭泣。

关于这点，可以用小津自己的话总结："用感情表现一出戏很容易。或者是哭或者是笑，这样就能把悲伤的心情或喜悦的心情传达给观众。不过，这仅仅是一个说明，不管怎样诉诸情感，恐怕还不能表现出人物的性格和风格。抽掉一切戏剧性的东西，不叫剧中人物哭泣，却能表达出悲伤的心情，不描写戏剧性的起伏，却能使人认识人生。——我全面地尝试了这样的导演手法。"

所以，《早春》虽然有婚外恋故事的壳子，但小津常温不变，生死自然，何况恋情，那一段婚外恋，跟普通感冒没两样，谁都会得，谁都会好。生是寂寞，死是寂寞，爱亦寂寞。在这个理念支配下，小津影片中的戏剧性事件越来越少，成了平平凡凡的家庭日记，而它们的光晕也因此形成了。他终生追求的东西，既是起点，也是终点，一生他都不停模仿旧作，一生他都没有拍出什么催人奋进的东西，没有时代显影，没有罪恶，也无所谓左右，似乎他只是凭直觉守住核心，不断地反复强调它是如何宝贵，它的崩溃和消失如何可怕。

四、最幸福的时刻

小津电影中的天气，永远那么好，常常，男女主人公碰到一起，也没什么话说，唯一的台词就是，"天气真好啊"，然后切出一个镜头，晾晒的衣服，虽然大多是白色，但光度要比电影色调亮，或者是远远的寺庙，略高室内的分贝。日本天气，小津以前和以后都没这么好过。

那么小津的"晴天"到底是什么？《晚春》中，父亲确认女儿愿意嫁人，走出来，说，明天又是一个好天。我们知道，笠的心情是矛盾的，但他说的话也是真实的。"好天"在这里，制造出一个达观的空间，让观众可以暂时地从拧住的心灵疙瘩中走出来休憩一下。

维吉尼亚·沃尔夫在谈到电影的优点时说："过去的事情可以展现，距离可以消除，使小说发生脱节的缺口，例如，当托尔斯泰不得不从列文跳到安娜时，结果便使这故事突然中断，发生扭曲，抑制了我们的同情心，但电影可以通过使用同一个背景，重复某些场面，加以填平。"小津则反其道用之，在电影中引入了小说手法。显然，这些仿佛毫无用意的天气镜头，在父女兄妹夫妻之间发生恩怨时出现，暂时搁置情绪的发展，或者说，一

遇见
MEET

边把可能的眼泪和剑拔弩张收入永恒的和平地带，一边把感情带入天人感应的地步。这样，通过外面的晴空承担不快和不幸，日常生活得以平稳过渡。

晴朗的天空下，如果不是晾晒的衣服偶尔飘动一下，那么这些衣服简直可以算是静物。小津电影中，"晴天"表达为一种永恒美好的空间，而"静物"则是永恒时间的形状。

小津的每一部电影都有通过静物过渡的段落，其中最为著名的静物就是《晚春》中的那个花瓶。剧本中没有交代这个花瓶，应该是小津在拍摄过程中的得意之笔，它发生的场景如下：笠智众带女儿原节子去晚春的京都旅游，也是他们父女的最后一次同行，因为旅游结束节子就该结婚了。晚上在旅馆，笠钻进被窝。节子也躺下。节子想跟父亲表达自己的一点歉意，因为之前不愿出嫁对父亲态度冷淡，但稍微聊了两句，父亲先睡着了。接下来是四个镜头：节子的脸。窗边的花瓶。节子的脸。窗边的花瓶。

德勒兹在《时间-影像》一书中这样讨论这只花瓶："《晚春》中的花瓶分隔姑娘的苦笑和泪涌。这里表现命运、变化、过程。但所变之物的形式没有变，没有动，这就是时间。"自然，像很多电影中的静物表达，这只被原节子凝视或者说被摄影机凝视的花瓶表达的是时间。小津电影中诸如此类的静物表达

第四辑
THE FOURTH EDITION

也有不少,最经常的就是吊灯,天色入黑,原节子、三宅邦子、田中娟代、东山千荣子等小津的很多女演员都在镜头前做过这样的动作:她们起身,熄掉家里的最后一盏灯;然后小津的摄影机会在这盏灯上停留五秒左右。 小津的这种表现静物的方式,应该说是最普遍的,看中的也是静物身上的"沉寂时间";不过,反反复复在小津的很多电影中看到这类场景,为什么我们从来不曾感到重复和厌倦? 甚至,常常还会期待这样的镜头。

其实,把小津的电影叙事速度和大岛渚这样的导演相比,小津的主人公几乎天然具有了静物化状态,笠智众的坐姿是如此稳定,如果没有台词,简直可以被想象成雕塑,而小津也向来讨厌大岛渚那样拍电影,尤其是快速叠映的时候,他觉得会让画面显得特别脏;而电影画面的脏乱,对小津而言,简直是不能忍受。事实上,小津的这种美学洁癖或许能部分解释他在中日战争中写下的一些令人气愤的言论。

说起来,战后的小津对秩序和稳定的确有了更自觉更强烈的要求,他的战后电影中,静物的画面也显得更隽永更温暖,和他一起工作的战后摄影师厚田就说,小津一直希望通过稳定的电影画面传递日常生活的幸福感。 而通过日常生活创造幸福,其实也是日本电影的一种传统,不光是小津,成濑的电影,木下的电影中,表现家庭幸福的电影语言也就是烧饭吃饭,洗衣缝补,打

遇见
MEET

扫房间，哄子睡觉，其中洋溢的和睦安乐都特别甜美。当然，小津的家庭剧和成濑、木下又有些不同，成濑和木下的摄影机是上帝视角，充分进入所有演员的心理，小津虽然好像也是全知的，但我们充分了解笠智众或原节子的心理吗？不，否则原节子不会一直有一种几乎神秘的美，《东京物语》中，她一直守寡的原因我们真的就那么清楚吗？

不过，对原节子的这种有限制的了解，一点都不影响我们因为她在银幕上的出现而感到幸福。事实上，当我们对这种幸福感进行细察的时候，会发现，小津电影中的幸福感不是来自每个人都透明幸福，而完全来自家庭的精神构造关系。

以《晚春》为例，原节子迟迟不愿结婚，就是因为"我结婚后，爸爸怎么办？"同样的，《秋刀鱼之味》中，岩下志麻也不愿抛下鳏居的父亲去结婚，而且，在他们这一类的父女关系中，的确有着不消与人说的甜蜜。《晚春》中，原节子和父亲在京都旅游，晚上同睡一屋，这些场景后来一模一样在周防正行的《变态家族之哥哥的新娘》中再次出现时，就完全乱伦了。但是，小津镜头前的笠智众和原节子排斥任何色情维度，父女同屋，但女儿的精神活动是以父辈为坐标的，所以绝对端庄，绝对安静。

追究起来，小津电影之所以无法复制也在这一点上。家庭关系中，以"我结婚后，爸爸怎么办"考虑问题的方式在整个世界消亡了,自然也早早在小津过世前就消失了。 所以,《寻找小津》中,温德斯会由衷地说:"若是让我选择,我宁愿睡地板,在上面过一世,每天喝得醉醺醺,住进小津电影的家中,也好过给亨利方达当一天儿子。"

日本电影中,家庭的情感结构以上一代为轴心的,经常是表现封建家庭的题材,进入资本主义阶段,大家庭崩溃,核心家庭占据主流,情感轴心自然往下位移,对于这种现象,小津在他的电影中不遗余力地批评,《户田家的兄妹》即是一例。 不过,有时候,我们也能在《早安》这样的电影中看到小津的一点点矛盾心态,对于两个儿子执意要买电视机,父母最后的妥协,观众都感到有欣慰感,因为电影的情感视角和拍摄视角都是从孩子出发的。 小津的这点矛盾和为难,有点像他电影中的火车,既是现代性,又是乡愁,而站台上的场景总是更幸福一些,所以小津的电影,如果说要表达的时间,隐喻地说,恰是站台那一刻。

这站台上的一刻,表现在电影情节中,就是拍全家福。 小津电影中,有很多次全家照时刻,当然,之后无一例外地树倒猢狲散。《长屋绅士录》刚刚建立母子关系的一大一小合完影没多久,孩子的亲生父亲便找上门来了;《户田家的兄妹》中,大家族一起合好影庆完生,便父死家散,老少失所。 不过,无论如何,不管是在片头还是片中的全家照时刻,总是小津电影中最最

遇见
MEET

幸福的时刻。

"幸福"是一个非常普通的词汇，但在小津电影中，却是核心概念。还是以《晚春》为例，影片中最抒情的场面，就是原节子对笠智众说："和爸爸一起生活，我觉得幸福。"更早点，《风范长存的父亲》中，儿子佐野周二页对爸爸笠智众说："终于能和爸爸一起生活了，真幸福。"这一段，亦是片中最温暖的时刻。毫不夸张地说，小津主人公的幸福和小津镜头的幸福感完全来自这种下一代对上一代的无限依恋。所以，下面的对话就非常容易理解——

> 桑原武夫问民俗学家柳田国男："明治时代的学者是以什么为治学的精神支柱的？"
> 柳田答道："是在乡下农舍中为在京的儿子干活干到深夜的母亲形象。"

母亲形象，在小津电影中是如此普遍，和父亲相依为命的女儿，一个个母性十足；甚至连电影中的那些情人，一个个也是母亲样子。某种程度上，正是这种普遍的"母亲"和普遍的"父亲"消弭了生活中的很多问题，让小津的人物在一般的人际关系中总是游刃有余。而在这个前现代的空间里，因为安全感，我

第四辑

们的幸福感便是翻倍的。

《小早川家的秋天》中,大老板中村雁治郎出门会情人,二当家的派了一个年轻伙计去跟踪,整个题材相当现代,但情调却非常传统,怎么做到的呢? 影片二十二分钟,大老板施施然出门,身穿和服手拿扇子,他在街街巷巷出没,每个弄堂每家店铺都像是自己家的过堂,他在中间穿行既游刃有余又不慌不忙,音乐欢快,中村的脚步欢快,银幕上的情绪明媚之极。 一连串空间的流转,进出透气转换流畅,借此,传统空间置换出了现代情欲,道德问题在此平安过渡,不仅不受谴责,还受到观众祝福;相反,倒是那个道德似乎占有优势的跟踪人显得无比狼狈,而这狼狈在影片的表达中,完全起因于他在传统空间中的局促和不熟悉。

数年前,《江湖艺人》中,也是中村雁治郎扮演的一个风流男人,他是江湖戏班的班头,巡演中来到昔日情人的渔村,他去情妇家,步履轻快,熟门熟路,街角兜转,空间互相接壤,一家连一家,一点都没有区隔感。 所以,小津镜头前的那些昔日情人,饭田蝶子也好,杉村春子也好,浪花千荣子也好,都是家庭母亲类人物,他们和妻子和母亲在一个空间里生存,不过隔着几步路,跟我们"现代化"概念里的"情人"完全不同。 所以,对于小津世界里的人,分类法则很不一样,中村是男人,杉村是女

遇见
MEET

人，就这么简单，而男人女人游走的这个世界，亦是天下一家，这也完全在小津的空间剪辑中可以看出。

小津电影中的空间剪辑真可以说是特别从心所欲。《秋日和》中，原节子从饭店里起身，下一个镜头，她已经在家里走动了；《秋刀鱼之味》，笠智众刚刚把女儿送上婚车，落座已经在一家小酒馆了。 不过，看上去没什么过渡的剪辑，观众却一点也不会觉得乱，因为小饭店小酒馆跟家的结构是那么相似，内空间和外空间是如此一致，人在家里走动和在酒馆走动，有什么两样呢？ 情人和妻子也没什么两样，所以，中村对于自己有个情妇，一点点羞惭都没有。

关于这点，唐纳德·里奇的说法可以借来总结，"小津电影的明显特点也就在于他那朴实无华的人道主义"。 因此缘故，"小津的人物是电影人物中最具逼真效果的人物，这个人物是主体但不屈服于情节给他造成的外部压力。 他存在于自身之中，而很少去表演。 我们带着绝对的逼真效果所激起的欣喜感和对美以及对人类的脆弱的强烈意识参与人物存在的展现。"这个说法，应该也就是我们幸福感的一个解释了。 而这种幸福感，放眼世界电影，小津可以说是唯一提供我们一生的导演。

五、结语:风景的消失

唐里奇所谓的"这种令人叹服的人道主义"和令人叹服的日本风景相遇的刹那,彼此成为对方的隐喻,而且很显然,"小津人物身上强烈的日常主义不能在别处"就只能在这样的小津的电影中发生。虽然有时候你会觉得,小津展示的视觉风格是如此一贯如此单一,他的主题和环境也是如此一贯如此单一,但是,凭着一贯和单一,怎么在我们现代观众心中激起了如此强烈的感情?

在《寻找小津》中,温德斯非常强烈地表达,小津的东京没有了,已经没有纯净的地方,没有纯净的风景,要找这些,上太空吧!——这话,如果是愤激之词就好了,风景的消失成了现代电影最大的问题,而对于小津的爱好者来说,他电影中的风景就是最伟大的抒情主人公。但这些,太阳下晾晒的衣服,穿过城市的火车,庄严的寺庙,来往的船只,全部,随着小津的逝去,淡出银幕。

柄谷行人在论述日本现代文学的起源时,首先讲到了"风景之发现","文言一致也好,风景的发现也好,其实正是国民的确立过程"。但令人感到遗憾的是,小津电影中的"风景",没等

遇见
MEET

他死，就基本消失了。而且，后代导演连风景的表现能力也丧失了。举我们自己的例子，在大陆电影中，贾樟柯一直被认为颇有小津之风，不过我们看他的《世界》，就会感到追寻"小津之风"的困难。

整部《世界》，被六段 FLASH 切割，这些带有后现代色彩的动画本来完全可以用电影的常用语汇和语法——风景断片——过渡。而且，这六段 FLASH 也并不讨好，在影评界没有获得掌声，但为什么贾樟柯在这里不启用风景呢？我想是因为，贾樟柯找不到合适的风景。换言之，贾樟柯找不到能和这些民工身份构成对应的风景，北京不是他们的抒情对象，真正的家乡也不是，那么，拿什么抒情呢，只有后现代的表现方式了。

相同的，在日本，周防正行被认为是小津的正宗传人。而且，周防出于对小津的敬意进入电影界，但他坐了"桃色新浪潮四大天王"的头把交椅。他彻底模仿小津，同时创造的又是地道桃色片的感情结构，因为他虽然还能在小津的屋里折腾，却再也无法走出小津的屋外世界，小津的东京或京都对他们这一代导演，已经死了；小津时代的风景，永远成了明信片。其实，二十世纪八十年代还有无数导演向小津献上敬意。王颖的《点心》用了许多空镜头；伊丹十三也常常借用小津的家庭离散主题；吉姆贾姆什在《天堂陌客》中则明确要求人物不要动。但所有这些后辈导演，没有一个人能重拾小津当年的风景，而且，这些后来者，也基本没有能力创造或表达一种属于他们的风景，让观众一看到这种风景，就有幸福感。

一切，就像唐纳德·里奇在《小津安二郎的电影美学》前言里说"小津的艺术"：与所有的诗化手法相类似，小津的手法也是拐弯抹角的。他不会使自己去直接面对感情，他只会妙手偶得之。他的电影艺术是形式上的，是一种可以与诗歌形式主义相提并论的形式主义。在符合其自身法则严格规定的情况下，他摧毁了一切陈规和熟悉的套路，以给每一个词、每一幅画面重新赋予紧迫而新鲜的意义。在这方面，小津与墨绘大师及俳句大师非常接近。而当日本人说小津"最为日本式"时，他们所依据的正是这些特殊的品质。

这种特殊的品质，小津的风景是最好的写照，但也是在现代化的过程中最早凋零的。

遇见
MEET

一直不松手

"我对女人,完全没有兴趣"

加利·格兰特(Cary Grant),在伦敦音乐厅起步的时候,是个名叫阿奇(Archie Leach)的杂技演员。然后,他来到美国,在纽约的音乐剧里干过配角,在中国餐厅送过外卖三明治,做过推销员,当过男护卫,而大部分时间是个失业在家的演员。

第四辑
THE FOURTH EDITION

1931年,他离开百老汇到好莱坞。在派拉蒙,作为领衔男主角,他倒是和很多著名女星,像黛德丽(Dietrich)、梅惠斯特(Mae West)和洛丽泰·杨(Loretta Young)演过对手戏。然而,她们光芒太盛,无一例外地使格兰特沦为配角。这让他的老板很失望,本来,他们希望他会成为盖博(Clark Gable)或库柏(Gary Cooper)。——嘿嘿,看看他们给他取的名就知道了,那年头当红的小生,不是叫 G.C.就是叫 C.G.。不过,盖博和库柏算幸运的,好歹保住了自己的家族姓氏,格兰特是完全被洗牌了。

大约是洗牌不成功吧,反正,派拉蒙只得到了他的脸蛋,格兰特在银幕上总有那么点心不在焉。然后是1936年,格兰特突破重重美女搭档的机会来了。那一年,乔治·库柯(George Cukor,又是一个 G.C.!)筹拍《男装》(*Sylvia Scarlett*),格兰特被借到雷电华跟赫本(Katharine Hepburn)演对手戏。赫本戏里以男装出场,遭来嘘声一片,同时,观众对格兰特却一边倒地叫好。格兰特事后回顾,他自己也不知道观众怎么就认可了他,也许因为当时他已经三十多岁了,再不为他叫好,就只能为他叫老了。《男装》现在很少被人谈及了,但是戏外的两个八卦却一直被津津乐道。一是"赫本邂逅休斯",也就是电影《飞行家》(*The Aviator*, 2004)所刻画的一个著名场景:霍华德·休

遇见
MEET

斯把他的两栖飞机降落在海滩边，然后假装来跟好朋友格兰特打招呼的样子，走入《男装》的海滨片场，在那里，他"邂逅"了令人着迷的赫本小姐。 另一个也和赫本有关，说是《男装》杀青，导演库柯和赫本一起看完毛片，万念俱灰地跑到制片人伯曼（Pandro Berman）家里，说，他们愿意为他的下一部影片免费效劳。 伯曼冷冷一笑："不劳驾你们了。"

八卦打住，说回加利。 总之，《男装》以后，格兰特是越来越红，不过，拍完《春闺风月》（*The Awful Truth*，1937），影史中的"加利·格兰特"才算初露端倪。 根据阿瑟·里奇曼舞台剧本改编的《春闺风月》，讲述一对草率离婚的夫妻，杰里和露西，各自用尽心思来破坏彼此的再婚计划。 自然，这是一出地道的好莱坞神经喜剧，而格兰特在开机时还疑虑重重，一边要性感一边要逗乐，以前的银幕上只有女人才这样，导演让他这样做是不是会葬送他一线男星的地位？ 但影评人证明，格兰特借着一种非他莫属的演技表明，好莱坞有个男人可以叫你一边情肠绵绵，一边捧腹大笑。

《春闺风月》后的格兰特，轻易地迎来了好莱坞的无边风月，他真正开始享受自己的演艺生涯。 他轻松上马，结束和派拉蒙的合约，非常前卫地成了好莱坞的个体户，自己选择剧本，还能修改台词，春风得意得"让世上每个人都想成为加利·格兰特，甚至包括他自己"。

不过，这个短短电影史上的长长浪漫偶像，虽然是银幕上最受挑逗的男人，却从来不是大众笑料。 男人希望像他那样幸运像他那样被人嫉妒，而女人无一例外地想象着能在他身上滑翔。他的传记作家艾略·奥特（Marc Eliot）说，他小时候，电视上只要放映格兰特的电影，他的奶奶和姐姐们就不管他了，她们一边看格兰特，一边不停叹气，仿佛格兰特是她们至今还在做人的唯一理由；他在银幕上开瓶汽水也让她们久久回味，其他的就更别提了。

说不清楚格兰特身上有什么东西特别令人着迷，和他搭档演了《捉贼记》(*To Catch a Thief*) 的格蕾丝·凯莉（Grace Kelly）后来说，也许是因为他看上去总是那么自给自足吧，让人想突破他。 所以，高贵典雅的未来王妃在希区柯克的镜头前，几乎是色情地挑逗了格兰特——

格兰特:对我这么亲热,有什么意图？

凯莉:我想要的,你恐怕会嫌多,不肯给。

格兰特:珠宝吗？ 你可从来不戴的。

凯莉:嗯,我不喜欢冷冰冰的东西碰我的皮肤。

……

遇见
MEET

然后,一起野餐,凯莉把鸡肉递给格兰特,一边问:"你是要腿,还是要胸?"接下来一场戏,凯莉邀请格兰特到她的客房,共进晚餐,一边享用外面灿烂烟火。凯莉姿态撩人地坐在长榻上,佩戴的钻石项链光芒逼人:"过来,摸摸它们,是钻石呢!"她拉过他的手指,拇指中指一个个亲过去,接着把他的手放在她的项链上。窗外烟花灿烂。格兰特却说,这项链是假的。凯莉激情地:"可我却是真的!"窗外是更激情的烟火。

对此艳遇,格兰特坏坏一笑,传授经验:"跟你的搭档说,我性无能!一般情况下,她都会等不及要证明给你看,不是呀,你不是性无能啊!"所以,三番五次的,他在银幕上冲我们说:"我对女人,完全没有兴趣。"——当然,说完这句台词,他马上被好莱坞评为最能挑动情欲的男人。没错呀,像英格丽·褒曼、格蕾丝·凯莉、琼·芳登(Joan Fontaine)和奥黛丽·赫本(Audrey Hepburn)这些骄傲无比的大明星,和其他男影星在一起,这样主动热情过吗?

所以,即便到六十岁,格兰特还是好莱坞的红人。1963年,斯坦利·多南(Stanley Donen)开拍向希区柯克致敬的《谜中谜》(*Charade*),马上想到格兰特,但是格兰特说,我六十岁了,再让我去追奥黛丽·赫本,老了点。所以,他要求剧本明

第四辑
THE FOURTH EDITION

确指出,是奥黛丽来追他。 在好莱坞,这样的要求,有第二个男人提出过吗?

"吻我!"

1941年,希区柯克开拍《深闺疑云》(*Suspicion*),自始至终,格兰特扮演的主人公是不是杀手,一直缠绕我们。 在考克斯(Anthony Berkeley Cox)的原著小说中,他是个杀手,但是希区柯克的意思是,发生的所有杀人事件,不过是女主人公的臆想,但是,最后的结局如何,没有人知道。 影片于是晦涩不明地开拍了,这大大有违希区柯克一贯风格,他本来希望一切齐备,"改编这部英国小说,启用英国演员格兰特,用英国的地方背景,使祖国的火花在美国燃烧"。 但是,开拍了一个多月,脚本还是一片混乱,片名定不下来,女主角琼·芳登开始抱怨导演,希区柯克本人更是罕见地生病了,他自己变得疑神疑鬼,觉得所有的工作人员同时正在为另一部影片工作……

气氛就这样古怪地酝酿好了,自己也不知道自己是不是杀手的格兰特,端着一杯没人知道是不是有毒的牛奶,一步一步登上楼梯,走近妻子的卧室。 在考克斯的小说中,痴情的妻子,最后发觉丈夫打算杀她,同时亦发觉自己怀孕了,为了不生下又一

遇见
MEET

个杀手，万念俱灰地喝下了毒牛奶。希区柯克没有照原著处理这个细节，也许是当时他自己也心意不定，所以走偏锋，着力表现格兰特端着牛奶上楼梯的场面，灯光邪恶地打在好莱坞最俊美的脸上，黑色气氛，雪白牛奶，这个男人还能是好人？

影片的惊悚气氛如此堆积起来，这部电影的结局虽然有过好几稿，希区柯克的夫人还曾设想让格兰特最后加入皇家空军为国捐躯，但是都遭否决。我们今天看到的结局是，琼·芳登执意要回娘家，格兰特说开车送她。两人上路，环山而行，一旁是深渊是咆哮的大海，格兰特的车越开越快，琼·芳登终于心智崩溃，尖叫起来……

影片最终的一段告白，说实在有点无聊，希区柯克本人大约也意识到了，他让格兰特变回深情男人以后，立马打出一个"完"。不过，虽然格兰特没有像芳登那样凭此片捧回一个小金人，好莱坞的所有导演可都是聪明人，他们都看得出，格兰特在银幕上永远不会完了。《深闺疑云》也因此，凭着格兰特那个送牛奶的镜头，成为电影课上永远的教材。现在，电影学院的教授还在这样感叹格兰特：只要他愿意，他可以把言情剧变成恐怖片，他要再愿意，又可以把恐怖片变回言情剧。电影史上，只有他做到了。

这大概就是希区柯克最喜欢的演员了，他不是罪犯，但他像

第四辑
THE FOURTH EDITION

极了罪犯；他是个情种，但他情有多种。 还说《深闺疑云》。影片中，出身名门的妻子琼·芳登问格兰特："你不会真的指望靠我的那点月归钱过日子吧？"格兰特马上接口："当然不会，亲爱的。"他说得如此平和，看着她的目光又如此坚定，可是银幕上下，琼·芳登也好，我们观众也好，虽然知道他不是在撒谎，但是心里不踏实，谁知道呢，格兰特说着这句台词的时候，脑子里在想什么。 如果这台词是派克或周润发说的，那我们马上可以庆幸女主人公终身有托了。

真是搞不清是希区柯克的镜头使坏，还是格兰特的好中永远藏着那么点坏，总之，当琼·芳登说："亲爱的，我有一种感觉，你一直在嘲笑我。"我们知道格兰特不可能嘲笑琼·芳登，但是，格兰特一定是在嘲笑人，可这个人是谁呢？

这个没人把握得了的"谁"，给了格兰特一种神秘的气质，所以，当好莱坞的其他大明星一次次拔出枪来的时候，他只要拿出嘴就搞定了。《美人计》(*Notorious*，1946)中，他扮演一个美国情报员，为了国家利益，把心爱的褒曼（Ingrid Bergman）送入了间谍世界的旋涡，并且眼看着她嫁给了如今在巴西统领德国间谍网的一名旧时相识。 他去参加褒曼举办的一次晚宴，两人拿着褒曼偷来的钥匙打开了地下酒窖的门，发现了纳粹团体的秘密——酒瓶里的铀。 但是，格兰特不小心打翻了一个酒瓶，可怕

遇见
MEET

的铀倒了一地,而这个时候,褒曼的间谍丈夫带着侍者也到酒窖拿酒来了。形势如此煎熬,恶魔希区柯克又把气氛营造得叫人晕厥,这个时候,格兰特既没有藏匿起来,也没有拔出枪来,他迅速地对褒曼说:"吻我!"

希区柯克让格兰特吻了好一会,导演对褒曼的无限憧憬和无限伤感都在这一吻中传达了,直到褒曼的间谍丈夫出来叫"停",战火变成妒火,格兰特全身而退,他根本不用带枪。影片最后,很久没有褒曼消息的格兰特,控制不住找上门去。侍者来应门,说先生在会客,夫人正卧床。格兰特等候片刻之后,沉着地进入了褒曼的卧室,美丽的女主人公因为身份暴露,已经被她的纳粹婆家下了毒,奄奄一息了(不过,在希区柯克的镜头里,褒曼病得柔光万丈,人人都会渴望病成那样)。接下来,格兰特非常冷静地把褒曼扶出卧室,在一群纳粹特工的注视下,轻声地威胁褒曼丈夫,如果你嚷出来,你自己也就没命了,因为他拿准了褒曼丈夫根本不敢向纳粹同行交代自己娶了一个间谍妻子。如此,格兰特在敌人的协助下,救出了让希区柯克夫妻关系恶化的褒曼,影片适时落下帷幕,导演没有额外给时间让他们倾诉衷肠。

诺曼·梅勒(Norman Mailer)给理想的银幕男人做过这样一个描述:"他会打架,会杀人(永远是因为正义),会爱而且博爱,他酷,他大胆,他勇敢,他狂野,他老谋深算,他足智多谋,他是把好枪。"毫无疑问,梅勒在勾勒这个形象的时候,心中想的是卡格尼(James Cagney)或鲍嘉(Humphrey Bogart),他一定想不到格兰特,格兰特怎么是好枪呢? 而且,他也不是以勇敢著称的。

但是,梅勒话音刚落,格兰特马上创造了奇迹,他向作家证明,他不仅是他的理想男人,而且还多了那么一点,"这个男人同时得非常罗曼蒂克!"就是这个多出来的一点,让格兰特在银幕上红足三十年,让他成了世界影迷心目中"最具有明星风范的电影明星";而弗莱明(Ian Fleming)亦承认,他在创作詹姆斯·邦德的时候,常常想到的男人是,加利·格兰特,虽然格兰特后来拒绝出演007。

"内急也不能例外"

加利·格兰特说,每个人都说我的一生多么传奇,但有时我自己想想,我这一生有什么,不过是消化不良和自私自利。

回头去看他的七十五部电影,的确有时会叫人惘然,格兰特什么都不干也能成经典啊! 你看他,在《单身汉与时髦女郎》(*The Bachelor and the Bobby-Soxer*, 1947)里,穿着一件剪裁合

遇见
MEET

身的双排扣衣服回家了,是典型的有钱光棍的豪华公寓。 他上楼换了一身便服下来后,走到战后最时髦的音响组合前,打开上面的收音机,从财经频道转到音乐频道,同时嘴角浮起一丝微笑,显然陶醉于这段管弦乐。 然后,他走到酒柜前,给自己调了一杯威士忌,喝了一口后,走到沙发前坐下,拿起一本似乎是严肃的书读将起来。 ——就这么一段谁都能演的家常戏,好莱坞却当作教材用来训练新小生,为什么呢? 因为,大导演霍克斯(Howard Hawks)说了:"注意格兰特的节奏,他脱衣服穿衣服就像谈情说爱一样抒情。"

训练班里,有人小声嘀咕,跟自己的衣服缠绵啊? 霍克斯说,是的,但是你们做不到。 所以,格兰特自己和自己在一起,银幕上也能深情款款甚至暗流汹涌;而做不到的人,只好找搭档说台词抛眼神花力气,弄得筋疲力尽还被导演叫,重来!

不服气的人,只好嫉妒他。《时代周刊》说,他是世上最完美的雄性动物,有人又嘀咕,拿掉那个"雄性"。 跟着有小道传出来,说他曾经和著名西部片明星斯考特(Randolph Scott)同居,但是,这个斯考特站出来说,我是格兰特的妻子! 所以,不管格兰特和谁一起睡,"雄性"是抹不掉了。

不过,对于自己的性别问题,格兰特从来不置一词。 他非常小心地保护自己的私人生活,他说,演员就得有点神秘感,那

第四辑
THE FOURTH EDITION

是你力量的源泉。所以，看他的传记，常常会陷入一种迷思，他到底是个什么样的人啊？他为什么要不停地刷牙？他为什么要纠缠于门把手的颜色？为什么要亲自去完成影片中几乎是所有的惊险动作？

最近，重温了希区柯克电影，突然觉得，格兰特其实和希区柯克多么像啊！他们都有同性恋倾向，同时又对美女抱有持续的热情和幻想，虽然俩人的容貌相去甚远，但对自己的身体都极度敏感。希区柯克一度曾嫉妒地说，任何衣服穿在格兰特身上都像价值一百万似的。现在已经无法知道希区柯克和格兰特的友情到底有多深，有些人说前者不喜欢后者，有些人说后者讨厌前者，但是，从好莱坞的照相册看，他们在一起的时候都非常松弛，显示出一种动人的家常气息。

1979年3月7日，希区柯克一生中最重要的时刻，他拖着臃肿烦恼的身体，一寸寸走过好莱坞的红地毯，去接受电影协会给他的终身成就奖。他自嘲说，那是他葬礼的预演。一路上无数美女和他打招呼，他偶尔点一下头，眨一下眼睛，最后，在主桌落座，右边是结缡五十三年的妻子，左边是加利·格兰特。

而隔着三十年的辛苦路往回望，1946年，希区柯克把世界上最迷幻的组合——格兰特和褒曼——叫到摄影棚里，拍摄《美人计》，其间，适逢格兰特四十二岁生日，希区柯克和褒曼为格兰

遇见
MEET

特庆生，三人留下了一张共切蛋糕的照片。这张照片真叫道破天机，希区柯克站在照片正中（那时他刚减掉一百磅），右边是金发褒曼（她的手搭在导演肩头），左边是格兰特，希区柯克的身体和褒曼挨得近，但侧向格兰特。——照片上洋溢着一种难得的温暖情愫，不能再多一人，也不能再少一人。

后来，进入《美人计》拍摄，影片前半小时有一幕，是长达三分钟的男女主人公阳台接吻戏。对这场希区柯克认为一生中最得意的接吻戏，他这样要求两员爱将："必须让观众取得同时拥抱加利·格兰特和英格丽·褒曼的效果，这就好像是暂时性的三角关系。"当然，这个三角关系，首先是导演和演员之间的三角。特吕弗接着说："当然，男主人公得是格兰特，否则没有三角关系。"

这场接吻已经影史永垂，听说希区柯克在给他们说戏的时候，讲了这样一个事情——

我在很多很多年前，从布隆搭火车到巴黎，那时路边有幢古老的红砖厂房，墙脚边，有一对少年男女，男孩正临墙撒尿，女孩则紧握他的手，不肯放开。她不时低头去看他，是不是尿完了，然后又四处张望，然后又低头去看他。整个过程，她一直不松手，恋爱就要这样，绝对不能受到干扰，就算内急也不能例外。

这段导戏词,据说让格兰特终身难忘,而且,潜移默化,女孩不松手的姿态似乎成了格兰特的演技。打开他任何一部电影,他有松过手的时候吗?他一直是那么情意绵绵,即使是一个人即使是睡着了,所以,欧洲王族在餐桌上碰到他,不由自主向他脱帽,他永远告别了那个在贫穷中长大的叫阿奇的孩子,他回也回不去了。

格兰特晚年,记者采访他,问到在"阿奇"和"加利"之间,他是不是有身份认同问题?加利反问记者,那你说,你现在采访的是"阿奇"还是"加利"?对此,霍克斯和希区柯克可谓英雄所见略同:姓氏对他已经不重要,他可以演任何人,他可以是任何人。所以,霍克斯曾计划让他演堂吉诃德,希区柯克打算叫他演哈姆雷特,虽然都没有实现,但是对于无限的格兰特,那只是八又二分之一。

遇见
MEET

有一只老虎在浴室

《宿醉2》票房战胜《功夫熊猫2》，不奇怪；不过《宿醉2》登上票房冠军，刷新《黑客帝国2》的纪录，还是令人感叹。怎么说呢，《宿醉2》的故事和《宿醉1》一模一样，只要把四个男人的宿醉地点从拉斯维加斯改到曼谷就行，当然，续集的口味更重，人妖出手菊花台，电影院里的笑声的的确确没断过，坐我旁边的一个胖仔笑到喘粗气，搞得我一直担心他别一头栽在我身上。

第四辑
THE FOURTH EDITION

　　反正,《宿醉2》和《宿醉1》一样,低幼,低俗,低贱,但三低一HIGH,托德菲利普斯成了华纳的摇钱树。 我敢保证,《宿醉3》已经在策划中,好莱坞不乘胜追击,就不叫好莱坞。只是,人妖已出,贱人难觅,第三次宿醉怕要用上人兽交,所谓玩过重金属,难就轻音乐。 也因此,两场《宿醉》几乎是一劳永逸地结束了学院派关于喜剧的各种论争,哥们,像伍迪·艾伦那样写台词,喜剧早晚成悲剧,现在的喜剧流派就是,轻贱。 至于用《宿醉2》来讨论亚洲歧视,东方主义等等,我觉得也是拳头打棉花,如果票房能飙升,派拉蒙立马会同意把功夫熊猫改成黑眼珠。

　　两个月前,有一本红遍全球的无字书叫《除了性男人还想什么》(*What Every Man Thinks About Apart From Sex*)在亚马孙上热销,排名超过《哈利波特》和《达·芬奇密码》。 该书除了封面有字,200页内页都是白纸,我在哈佛听英国文学课,旁边的小伙就拿它记笔记,还告诉我亚马孙已经断货。

　　嘿嘿,男人真要一直想着性,这世界也太平,但是假命题一点都不妨碍假书的畅销,当今世界,低俗就是生产力。

　　是的,生产力。 事实上,我得承认,我一点都不反感《宿醉》这样的低俗,相比伍迪·艾伦的知识分子气,疲惫的草根当然更需要虽然猥亵但还算健康的笑料。 从低气压的办公室出

遇见
MEET

来，面对一直举不起来的业绩，走进电影院，谁还有力气通过思考再发笑。 嗷，怎么简单怎么来吧!《宿醉1》里，醉人们发现屋子里有一个婴儿，艾伦问："这是谁家的小孩？"菲尔说："我们一会再来处理这小孩。"然后，斯图出来说："我们不能把小孩单独留下，因为有一只老虎在浴室。"

一只老虎！ 即便是在热带丛林历险记里，老虎出场也需要一番铺垫的，但是，新时代的喜剧不需要，编导说，要有老虎，就有老虎，而且，重要的是，老虎，观众觉得这个可以有。

世界变幻莫测，老虎不算什么。 好吧，最后，我想说的是，也许，这不登大雅之堂的两场《宿醉》可以是电影的一次再出发，没有学院派的包袱，管它东西方的文化，香港电影不也曾经这样从低俗中开出了新浪潮？ 只是，从口腔期返回肛门期，美国电影美国观众准备厮守肛门期的姿态，又让人觉得，电影快完蛋了。

我们不懂电影

《唐顿庄园》2012圣诞特辑弄得哀声遍野,虽然所有的《唐》粉在第三季结束的时候,都知道"大表哥"要离开剧组,但怎么也没想到他会离开得如此狗血。

前年,唐顿三小姐要离开剧组去好莱坞发展,编剧让她生下孩子死翘翘。轮到马修大表哥也要去好莱坞,编剧用了同样的桥段,唐顿新生代出生,他死翘翘。所以,网络都说这个圣诞特辑应该叫清明特辑。

遇见
MEET

圣诞特辑变身清明特辑,其实也没什么意外,就像今年贺岁档,死的人一部比一部多,《少年派》死一船,《一九四二》死一省。然后,就是在这阴惨的气氛中,《泰囧》出来,票房突破十亿,演艺圈集体红了眼。

作为一部百分百爆米花电影,正如编导徐峥自己说的,《泰囧》顶多是一部"正常的"电影,但现在票房飙到中国第一,真的说明,中国电影不正常太久了,中国观众不高兴太久了。

回顾 2012,真真假假太多不正常。

6月份,上海国际电影节开幕,很多朋友问我开幕电影是什么,奶奶我真说不出口,《画皮2》! 狗血的故事表面纯情骨子陈腐,音乐一起镜头就慢,音乐结束镜头变速,尼玛我看完以后除了对人妖有点体认,其他都空空荡荡。但就是这样一部影片,票房 8 亿,成为 2012 票房老二。我在电影院随口问过一些观众,为什么来看《画皮2》,大部分人想也没想告诉我,3D 啊!

3D 是什么? 这个问题我完全认同北野武,3D 也就拍黄片有点用。但是,这几年,3D 越来越成为我们电影院的最大广告,像《泰坦尼克号》这种老电影变身 3D 版居然能在中国横扫 9 亿票房,而可怜的中国观众连温斯莱特的身体都没看全乎! 真是天地良心,好莱坞的 3D 生意已经走下坡路,而我们现在起步拿 3D 当方法论。类型片还没有发育好的中国电影转手玩 3D,

第四辑
THE FOURTH EDITION

除了死翘翘，还能有什么？

没有钱玩 3D，徐峥只能老老实实拍《泰囧》。说实话，虽然我自己因为年龄问题没有特别入戏，但是电影院里一阵接一阵的笑声让我竟慢慢有了自卑感，妈的难道我已经老到不能和年轻人同乐乐吗！这样，当王宝强和徐峥议论电梯里的美女是不是人妖的时候，我就跟着旁边的一个女大学生一起笑了笑，到后来，女大学生把头笑到我肩膀上，我简直有了几分感动。我想起少年时候看卓别林，也笑到过邻座的怀里，觉得大家笑成一团看电影，比人人戴一副 3D 眼镜看电影，更接近电影的本质。因此，《泰囧》大胜《画皮2》成为 2012 票房冠军，可能意义重大。

当然，话说回来，《泰囧》绝对不是中国电影的胜利，这部电影的笑点设置程式化，人物设置模式化，而且全程依赖人物的非常态人格。所以，笑完，也就跟尿完一样，图了个轻松。但所有的这些缺点，都不能掩盖它史诗般的票房胜利，不用怀疑，接下来半年，关于《泰囧》会有各种解说词。

排除《泰囧》现象所包含的各种文化因素，我对《泰囧》电影本身的主要好感是，这部电影有一种学徒的气质，甚至有两次让我想起了我们影史上的最早喜剧《劳工之爱情》。而借此，我幻想，中国电影从头开始再来过？虽然一百年过去了，但关于电影，好像我们真的不懂。

后　　记

　　大概是七八年前吧,唐元明先生约我编一本文集,他让我选一些自己觉得还有点代表性的文章。唐先生好人,没给我一个期限,而对于我们这种写专栏长大的,没有期限就没有任务,岁月匆匆过,吃喝玩乐忙,偶尔睡前想到唐先生的邀约,也就带着一阵歉意睡过去。

　　终于唐先生派出手下大将汪爱武老师来捉笔归案,还帮我拟出一份目录,面对万般诚意,不敢再耍花腔,于是老老实实回顾了一下二十年的写作,先编出第四辑。第四辑基本是唐先生的命题编文,十一篇文章都是我这些年出的集子的书名文章,算是有一点点代表性。接着再回头编出一二三辑。第一辑以数字线索串联,从"一代宗师""三生三世"到"七月与安生"到"一百个陆川",虽然本意是好玩,不同数字的小文章倒也是在不同年份写的,把他们排在一起,感觉像点名,岁月应声而来,我的青春小鸟却已飞远。

第二部分是足迹篇,没有千山万水徜徉,但东西南北去了一些地方,偶尔写点文化观察,算是交代自己,也不是没心没肺走过。这些小文常是回家第一时间写下,其实多是心理感觉,所以有好几个朋友说,你写美国的那些文章,完全胡扯,我回说是的是的,它们只是旁注了一个孤独的波士顿外国人。第三辑文章写的是我挚爱的演员和导演,一中一西一男一女,张国荣配黛德丽,嘉宝配梁朝伟,梅惠斯特配金焰,伯格曼与乌曼,特吕弗与戈达尔,如果我可以制片,我想把他们叫入一个剧组,让张国荣演女一号,黛德丽演男一号,让嘉宝和梁朝伟发生一分钟的对视,然后让惠斯特智钓金焰,伯格曼与乌曼承担没有台词的配角,特吕弗和戈达尔一起导演,重新回到他们的青春新浪潮时刻,没有分手没有互相寄子弹。

以上,就是这本小书的内容,我把它叫作《遇见》。感谢亲爱的恺蒂为小书写了大序,我们认识很多年,她一直是我的榜样,朴素地生活,直接地写作,元气淋漓地爱,我从一个多少有点花哨的文艺青年变成相对平实的中年妇女,是从遇见恺蒂开始的。感谢一路鼓励我的亲朋好友和读者,使得这些文字,落向尘土的时候,用里尔克的诗歌——

  有一个人,用他的双手

  无限温柔地接住了这种降落。